KB269132

종희의 아름다운 시절

종희의
아름다운 시절

조성기 소설

민음사

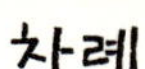

차례

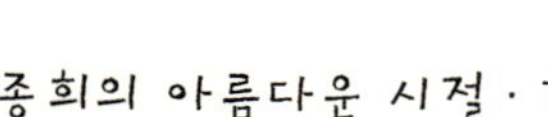

종희의
아름다운 시절

이광모 감독의 「아름다운 시절」을 관람하고 나서 며칠 후 금강산 관광선 금강호가 떠나는 것을 보았다. 인생의 밤바다에서 명멸하는 추억의 금강(金剛) 덩어리.

충청도 야산.
밤.
무덤.
열 살을 훨씬 넘긴 아이와 열 살이 채 못 돼 보이는 아이가 관솔불 밑에서 삽으로 산소를 파헤친다.
「형님, 아버지 관이 없어」
「아버지가 언제 돌아가셨는데 관이 아직 남아 있겠어?

다 삭아버렸지. 조금만 더 파보자」

원식과 윤식이 이제는 삽을 내려놓고 두 손으로 흙을 조심조심 긁어낸다. 진흙투성이 뼈들이 관솔불빛을 받아 번들거린다. 뼈들을 추려 깨끗이 닦아낸다. 길이 네 뼘, 폭 두 뼘, 한지가 깔린 대소쿠리에 뼈들을 하나하나 정성스럽게 담는다. 뼈가 수북이 쌓인다.

원식과 윤식은 아버지 유골이 담긴 대소쿠리를 보자기에 싸서 들고 원산 삼촌 댁으로 간다. 삼촌이 원산 사또로 부임한 지도 어언 일 년 반이다.

충청도에서 원산까지 걸어서 가는 길은 멀고도 험하다. 지금 원식과 윤식은 하인들의 반란을 피해 가는 길이다. 전라도에서 일어난 동학란 소문을 듣고 원식이네 하인들도 들고 일어난 것이다. 어머니만 살아계셨어도 하인들이 그렇게까지는 하지 않았을 터인데.

「형님, 형님, 난 못 가겠어요. 형님, 혼자 가세요」

윤식이 바위에 주저앉아 울상을 짓는다.

「윤식아, 조금만 더 기운을 내. 사흘길만 가면 원산이야」

열나흘이나 걸려 원산에 간신히 당도한 원식과 윤식이 삼촌 댁을 찾아간다. 대소쿠리를 들고 괴나리봇짐을 지고 있는 원식과 윤식은 영락없는 상거지 형색이다.

「너희들은 누구냐? 무얼 하러 왔느냐?」

원산 사또 하인들이 눈을 부라리며 묻는다.

「삼촌 어른을 만나뵈러 왔습니다. 저희들은 충청도에서 아버지 유골을 모시고 왔습니다」

「그럼 너희들이 사또 어른의 조카들이란 말이냐? 하지만 한번 땅에 묻혔던 유골이 문지방을 넘으면 그 집안이 망한다고 하느니라. 가만 있거라. 사또 어른께 여쭙고 오겠으니」

하인들이 안으로 들어가고 얼마 지난 후 사또가 직접 대문으로 나온다.

「너희들이 원식이, 윤식이냐? 이게 무슨 꼴이냐? 정말 너희들이냐?」

「삼촌!」

「작은 아버님!」

원식과 윤식이 땅바닥에 무릎을 꿇으며 울먹인다.

「오느라고 고생했다. 안으로 들어오거라」

「사또 어른, 유골이 문지방을 넘으면 아니 되옵니다」

「망해도 우리 집안이 망하느니라. 우리 형님이 오셨는데 그게 무슨 말이냐? 어서 안방으로 모시어라」

삼촌은 뜨뜻한 아랫목에 돗자리를 깔아 유골을 모셔놓는다. 원식과 윤식은 하인들이 데워주는 물로 목욕을 하고 옷을 갈아입고 윗목에서 잠에 곯아떨어진다.

「원식아, 원식아!」

아버지의 음성이다.

「지금 내 자리가 뜨거우니 퇴침을 괴어다오」

원식이 번쩍 눈을 뜨고 일어나 아랫목 돗자리를 들춰본다. 방이 너무 뜨거워 돗자리 복판이 꺼멓게 타버렸다. 원식은 대소쿠리에 퇴침을 괴어드린다.

윤식은 삼촌의 보살핌으로 장성하여 결혼을 하고 아들을 낳는다. 얼마 후에 아내가 죽고 유모가 들어와 아들을 키운다. 다시 아내를 얻는다. 유모가 새 안주인을 시기하여 윤식에게 고자질한다.

「마님이 자주 문을 열어놓고 바느질을 해요」

「그게 어때서?」

「여자는 모름지기 규방 문을 닫고 바느질을 해야지, 열어놓고 하는 것은 행실이 좋지 않다는 증거예요. 담장 밖 남자들에게 추파를 던지려고 문을 열어놓은 건지도 모르지요. 잘 감시를 하시라구요」

윤식은 아내가 있는 방으로 들어설 때는 발끝으로 살금살금 걸어가 문을 벌컥 열어보는 습관이 생긴다. 아내가 깜짝깜짝 놀라 유산을 하기도 한다.

유모는 윤식의 아들을 다섯 살이 될 때까지 키우다가 폐결핵으로 죽는다. 윤식은 유모 제사를 꼬박꼬박 지내준다.

윤식 아내는 해산을 하기만 하면 아이들이 대개 사흘 안에 숨이 막혀 죽는다. 무려 다섯 명의 딸이 그렇게 죽어간다.

　간신히 딸 하나가 사흘이 지나도 살아남아 애지중지 키 운다. 어떤 여자가 난데없이 윤식 아내 앞에 나타나 행주 치마에 싸인 갓난아이를 던져놓는다.
　「이것도 네 자식이다. 내가 네 남편을 독차지하려고 했 는데 네가 너무 예뻐서 안 되겠다」
　여자가 휑하니 대문을 나가버린다. 윤식 아내가 행주치 마를 끌러본다. 아이는 하얀 광목에 또 싸여 있다.
　「아!」
　태반이 그대로 아이 아랫도리를 덮고 있다. 탯줄도 끊지 않은 아이를 두고 간 여자는 윤식의 첩이다.
　태반을 들추자 아이의 사타구니에 고추가 드러난다.
　「아이고」
　윤식 아내는 반가워 아이를 꼭 껴안고 울음을 터뜨린다.
　딸아이와 사내아이를 동시에 키워야 하는 윤식 아내는 젖이 모자라 암죽을 해서 아이들에게 먹이기도 한다. 사내 아이는 내려만 놓으면 심하게 보채어 재울 때도 업어 재워 야만 한다.
　딸아이에게 암죽을 먹이기 위해 사내아이를 잠시 내려놓 는다. 사내아이가 목이 터져라 또 울어댄다.
　「조금만 기다려. 누나한테 죽 먹이고」
　아무리 달래도 소용이 없다. 이때 윤식이 들어와 이 광 경을 보고 고함을 친다.

「네가 낳은 자식이 아니라고 내팽개쳐두고, 네 자식만 죽을 먹여?」

이날 이후로 윤식 아내는 한시도 사내아이를 떼어놓지 않는다. 결국 딸아이는 굶어 죽는다.

그 후에 낳은 아들도 사흘을 못 넘기고 또 죽는다. 그 다음 딸을 낳았는데 이번에도 사신(死神)은 어김없이 찾아와 눈도 채 뜨지 않은 아이를 데리고 간다.

윤식 아내는 점쟁이를 찾아가 점을 쳐본다.

「삼신할미가 노한 건가요? 왜 아이를 낳기만 하면 죽는 거죠?」

「삼신할기가 노한 게 아니라, 집안에서 지내지 않아야 할 제사를 드리고 있구먼」

「지내지 않아야 할 제사라니요?」

「왜 그 부리 센 여자 귀신을 집으로 끌어들여 밥을 먹여? 그러니 제 주제를 모르고 아이들이 태어나면 목을 졸라 죽이는 거지. 제가 안주인이 되지 못한 한을 그렇게 풀고 있다니까. 앞으로는 절대 그 여자 제사를 지내주지 말어」

「제사를 지내주지 않으면 더 해코지를 할 거 아니에요?」

「귀신도 냉정하게 뿌리칠 때는 뿌리쳐야 해. 자꾸 달래주기만 하면 머리 꼭대기에 앉는다니까」

윤식 아내가 윤식에게 무당의 점괘를 들려준다. 윤식도 고개를 끄덕인다.

「일가붙이 하나 없는 유모가 불쌍해서 제사를 지내준 건데. 엄마 없는 아이를 다섯 해나 잘 키워주어서 고맙고」

윤식은 그 이후로는 유모 제사를 지내주지 않는다.

윤식 아내는 또 딸을 낳는다. 그런데 이번에는 아이가 태어나면서 울지도 않고 숨도 쉬지 않는다. 아예 사산을 한 셈이다.

「유모 제사를 지내주지 않으니까 해코지를 한 거야. 전보다 더 심하게 해코지를 한 거야」

윤식 아내는 울면서 아이를 홑이불에 둘둘 싸서 윗목에 놓아두고 사람들이 내가기를 기다린다. 이제 살 소망도 없다. 이대로 죽자, 하고 돌아누워 있는데 친척 할머니가 메밀죽을 쑤어 가지고 온다.

「산 사람이라도 살고 봐야지」

윤식 아내는 흐느끼기만 할 뿐 일어날 생각을 하지 않는다.

「쯔쯔, 이거라도 먹고 기운을 차려야지, 죽은 것은 죽은 것이고」

할머니가 윗목에 놓인 홑이불 뭉치를 바라보다가 깜짝 놀란다.

「아이구머니나, 저것 봐, 홑이불이 움직거리네. 죽었다던 게」

할머니가 급히 홑이불을 열어본다. 아기가 새근새근 숨

을 쉬고 있다. 윤식 아내가 벌떡 일어나 아기를 따뜻한 아
랫목으로 옮긴다.

「살았어. 죽은 줄 알았는데. 아이구, 이게 무슨 조화람」

윤식 아내는 또 울음을 왈칵 쏟아놓으며 아기를 품에 꼭
안는다.

아기는 별 탈 없이 자라 백일을 지나고 돌을 지난다. 아
이의 이름은 이종희라고 짓는다. 1932년 3월 23일 생이다.

원산 와우리 54번지.

종희네 집으로 외할아버지가 찾아온다. 모시 두루마기에
중절모를 쓰고 있다. 종희 어머니와 닮은 얼굴로 곱상한
미남형이다. 외할아버지가 떠나실 때 종희 머리를 쓰다듬
어준다.

「내가 다시 올 수 있을지 모르겠다. 엄마 말 잘 들어」

종희가 다섯 살 때 일이다. 그 이후로 외할아버지를 본
적이 없다. 행방불명이 되었다고도 하고, 만주로 독립운동
을 하러 갔다고도 한다. 종희 어머니는 외동딸이다.

종희네 뒷뜰에는 앵두나무와 살구나무 서너 그루가 서
있다. 살구나무에 상처를 내면 송진 같은 진액이 비어져나
온다. 그걸 손톱에 바르면 손톱이 반질반질해진다.

뒷뜰 담 너머로는 사과, 배 과수원이 펼쳐져 있다. 배
과수원 한구석에 서 있는 두 그루는 다른 나무들과 사뭇
다르다. 사람들이 외배라고 부르는데 서양 배처럼 큼직한

것이 무척 달고 맛이 있다.

과수원 복판에는 약수가 솟아나는 우물이 있다. 그 우물 물도 외배처럼 단맛이 난다.

과수원은 종희 아버지와 의형제를 맺은 어른이 과수원 한가운데 집을 짓고 가족들과 함께 살면서 관리를 하고 있다. 종희는 진짜 큰아버지가 있지만 그 어른도 큰아버지라고 부른다. 종희 아버지는 고향을 떠나와서 그런지 의형제 맺기를 좋아한다. 아버지 의형제 대여섯 명이 주변에 살고 있어 종희는 작은아버지도 많고 큰아버지도 많은 편이다.

과수원 큰아버지 덕분에 종희는 사과와 배는 원도 없이 먹는다.

과수원이 끝나는 근방 야산 언저리에는 밤나무들이 산을 에워싸듯 빽빽이 들어서 있다. 허연 밤느정이들이 흐드러지게 피어나면 그 비릿한 냄새로 머리가 어질어질하다.

야산을 오르면 정자가 서 있어 거기 마루에 엎드려 학교 숙제도 할 수 있다. 산과 들에는 달래풀이 지천으로 널려 있다. 개울가에는 미나리가 드문드문 자라고 풀섶으로 벌레들이 뛰어다닌다.

공터에는 돼지우리가 있다. 돼지는 초산 때는 대개 아홉 마리 새끼를 낳고 보통 때는 열두 마리를 낳는다. 새끼들 중에는 우리 틈새로 떨어지거나 어미에게 깔려 죽는 것도 있다. 돼지 해산 구완을 할 때는 평소에 먹이를 주는 사람이 가야 한다. 다른 사람이 가면 어미가 새끼를 물어 죽이는 수가 있다.

양조장에서 술을 뜨고 남은 모주로 돼지 사료를 먹인다. 모주는 양조장에서 늘 날라다준다. 돼지들이 그 찌끼술을 먹고도 주정을 하지 않고 무럭무럭 자라는 게 신통하다.

종희 아버지는 돼지들을 팔아 꽤 돈을 번다. 종종 돼지를 잡아 마을 사람들을 대접하기도 한다. 돼지 한 마리면 마을 사람들이 다 먹을 만하다.

종희네는 물론 소도 기른다. 겨울에는 쇠죽 끓이는 일이 큰일이다. 작두로 풀과 짚, 콩줄기와 콩껍데기 들을 숭숭 썬다. 그것들을, 메주콩을 삶고 있는 가마솥에 집어넣고 또 한참을 푹 삶는다. 가마솥에서 무럭무럭 올라오는 김과 냄새가 집 안을 훈훈하게 해준다.

종희 아버지는 아내가 시집올 때 가지고 온 지참금으로 형에게서 분가한다. 조금씩 땅을 사서 불리더니 어느새 대지주가 된다.

종희네 앞에 구멍가게, 담배가게 들이 있는데 종희네만 도둑이 든다. 도둑이 동전과 지전들을 넣어둔 궤짝을 통째로 메고 간다. 순사들이 산골짜기나 강가에 버려진 궤짝을 들고와 확인을 한다.

종희는 원산에서 제일 좋은 국민학교로 소문이 나 있는 명석 국민학교(입학 당시는 명석 심상소학교가 정식 명칭이었으나 3학년 무렵 국민학교로 개칭된다)에 입학한다. 명석 국민학교를 나와야 남들이 부러워하는 루시〔樓氏〕 여학교에 갈 수 있다고 한다.

학교를 가려면 산을 하나 넘어야 한다. 종희는 오빠와 사촌언니들과 함께 그 산을 넘어간다. 종희는 몸이 약하여 숨을 헐떡인다. 오빠와 사촌언니들이 종희 손을 잡아끌기도 하고 업고 가기도 한다.

입학하고 한 달쯤 지난 아침이다. 종희가 늦잠을 자는 바람에 오빠와 사촌언니들이 먼저 산을 넘어가고 보이지 않는다. 할 수 없이 종희 혼자 울면서 산을 넘어간다. 그때 학교 선생님 한 분이 산을 넘다가 종희를 발견하고 손을 잡아준다.

날마다 산을 넘는 일이 종희에게 보통 힘든 일이 아니다. 결국 입학한 지 두 달 만에 집에서 가까운 덕성 국민학교로 옮긴다. 그래도 종희는 워낙 몸이 약하여 하루 학교 갔다가 하루 쉬고 한다.

몸이 아파 학교에 가지 않는 날이면 종희는 자리에 누워 어머니에게 개살 통조림이 먹고 싶다고 칭얼댄다. 그 통조림은 털개를 잡아다가 일본 사람들이 만들어 파는 것으로 한 통에 80전이나 한다. 학교 월사금이 1원이므로 통조림 한 개 값이 거의 월사금과 맞먹는다.

「이 애가, 털개 깐소메가 얼마나 비싼데」

그러면서도 종희 어머니는 종희에게 통조림을 사다 준다. 바나나도 먹고 싶다고 하면 사가지고 온다. 바나나는 잘못 먹으면 체하기 쉽다.

종희는 국민학교 2학년 때부터 이웃 할아버지한테서 한문 붓글씨를 배운다. 그 할아버지는 이발소에 가서 머리를 깎는 법이 없다. 손수 자기 머리를 중처럼 박박 깎는다. 할아버지는 담뱃대에 넣어 피우는 장수연(長壽煙) 두 갑만 사다드리면 한 달을 가르쳐준다.

「여자도 시집가서 남편이 편지를 쓰라 하면 쓸 줄 알아야지」

아버지가 종희 습자 글씨를 보고 대견해한다.

종희가 붓글씨를 썼다 하면 교실 뒤 벽에 붙는다. 학교 대표로 붓글씨 대회에 나가 일등을 하기도 한다.

종희는 뭘 먹었다 하면 잘 체한다. 바나나를 먹고 체해서 얼굴이 퉁퉁 부은 적도 있다. 종희가 체하면 어머니는 밥뚜껑을 뜨뜻하게 데워가지고 종희 배 위에 얹고 빙글빙글 돌린다. 밥을 먹다가 체했으면 밥뚜껑 위에 밥을 한 숟가락 올려놓고, 고기를 먹다가 체했으면 고기 한 점을 올려놓고, 바나나를 먹다가 체했으면 바나나 조각을 올려놓는다. 그러면 신통하게도 더부룩하던 체증이 내려간다.

잘 낫지 않으면 어머니는 종희 엄지손가락을 바늘로 딴다. 그래도 안 나으면 이번에는 홍두깨 노인을 부른다. 노인은 종희 머리맡에 앉아 홍두깨를 두드리면서 뭐라뭐라 주문을 왼다. 종희는 홍두깨가 무서워, 다 나았다 한다. 다 나았다고 말을 하고 나면 거짓말처럼 낫는다.

먹구름이 몰려오더니 소나기가 마당 가득히 쏟아진다.

투둑, 투두둑.

팔뚝만한 생선들이 하늘에서 떨어져 퍼덕거린다.

「도미다, 도미!」

종희 어머니가 대야를 들고 마당으로 달려간다. 바닷가에서 십리나 떨어진 종희네 마당에 도미들이 무더기로 떨어지다니 이상한 일도 다 있다.

국민학교 3학년 때 종희보다 열네 살 많은 큰오빠가 장가를 간다. 큰오빠는 중학교 때부터 색소폰을 잘 불기로 유명하다. 윗동네 신풍리 폭포 밑에서 큰오빠가 색소폰을 불면 동네 처녀들이 다 반한다. 큰오빠와 올케는 종희네 집에서 신혼 살림을 차린다.

종희는 3학년 말에 창씨 개명을 하여 리쇼리 상이라 불린다. 학생들은 각각 일주일 간격으로 카드 열 장을 받는다. 조선말을 쓸 때마다 카드를 한 장씩 빼앗긴다. 카드 하나에 회초리 한 대씩이다.

어려운 단어를 모를 때는, 조선말로 해도 되느냐고 상대방에게 일본말로 양해를 구한다. 상대방이 안 된다고 하면 카드를 빼앗기고, 허락을 해주면 그냥 넘어간다.

아이들은 월요일마다 신사에 가서 참배를 한다. 그리고 수시로 일본기를 들고 행진을 한다.

「싱가포르 점령했다!」

「인도네시아 점령했다!」

나라를 점령할 때마다 아이들은 길에서 일본기를 흔들며 소리를 지른다.

어떤 때는 일본 옷을 입고 노래를 부르며 춤을 춘다. 종희가 춤추는 모습을 보고 담임이 고개를 끄덕인다.

「참 잘 추는구나. 나중에 긴자〔銀座〕에 가서 춰도 되겠다」

토요일 날 오후, 종희는 소제 당번이 되어 교실을 청소한다. 아이들이 청소를 마치고 집으로 돌아가려고 한다. 종희가 아이들을 막아선다.

「선생님이 검사받고 집으로 가라고 했잖아」

아이들은 못 들은 척 다들 교실 문을 나선다. 종희는 담임선생이 올 때까지 복도에 서서 기다린다. 어스름이 내리고 복도가 어둠침침해져도 담임은 나타나지 않는다. 종희는 무서워 떨면서도 담임을 기다린다. 뉘엿뉘엿 해가 지고 나서야 담임이 숙직을 하러 왔다가 종희를 발견한다.

「왜 너는 아직도 집에 안 가고 그러고 있니?」

담임이 고개를 갸웃거린다. 종희는, 선생님 검사받고 집에 가라 했잖아요, 말할 용기도 나지 않는다. 그냥 얼굴이 빨개져서 허겁지겁 복도를 빠져나온다.

집에 가서도 왜 이리 늦게 왔느냐고 꾸지람을 들을 게 뻔하다. 종희는 방으로 들어가지 않고 살금살금 발소리를 죽여 마당을 가로질러 부엌으로 들어간다. 큼직한 무쇠솥들이 얹혀 있는 부뚜막은 종희 키보다 더 높다. 종희는 조심조심 부뚜막으로 올라가 구석진 곳으로 다가간다. 넓고 뜨뜻한 거기에 쪼그리고 앉아 하룻밤을 보낼 작정이다.

종희는 무쇠솥을 돌아가려다가 그만 부뚜막에서 떨어지고 만다. 팔이 부러진다. 집안에서는 난리가 난다.

종희는 어머니 손에 이끌려 접골원에 가서 치료를 받는다. 접골원 원장은 일본인이다.

「이 애가 갓난아기 때 왔던 그 애인가요?」

원장이 종희 어머니에게 묻는다. 종희로서는 금시초문이다.

집으로 돌아오는 길에 종희가 어머니에게 자초지종을 묻는다.

「네가 갓난아기 적에 큰오빠랑 작은오빠가 너를 서로 먼저 안겠다고 옥신각신하다가 널 떨어뜨려 네 팔이 부러졌단다. 그때도 아까 그 원장 선생님이 널 치료해 주었지」

「그럼 그때 부러진 팔이 또 부러진 거예요?」

종희 어머니는 아무 대답도 하지 않는다.

수업이 시작되기 전에 아침마다 걸상을 돌려놓고 교실 바닥에 무릎을 꿇는다. 일본 천황 족보를 1대부터 124대까지 외워야 한다. 124대 천황 쇼와덴노 이름은 불러서는 안 된다. 긴조덴노, 즉 금상(今上) 천황이라고 불러야 한다. 현재 살아 있는 거룩한 신의 이름은 함부로 입에 올려서는 안 된다. 다이치 다이 짐무덴노, 무슨 무슨 덴노…… 아이들은 124명의 덴노 이름을 줄줄 다 왼다. 나중에는 〈덴노〉 소리만 귓전을 웅웅, 울린다.

종희는 주산 시간이 제일 무섭다. 일본 선생이 50센티짜리 긴 자를 들고 숫자를 불러나간다. 아이들은 열심히 주판알을 놀린다. 그러다가 선생이,

「데와(그러면)!」

할 때 손을 번쩍 들어야 한다. 손을 들지 못하고 머뭇거리면 선생이 자를 세워서 머리를 때린다. 얼마나 아픈지 눈앞에 별이 번쩍, 하고 머리통이 붓는다. 어디서 〈데와!〉 소리만 들어도 자기도 모르게 팔이 얼른 올라가려고 한다. 〈데와〉, 〈데와〉, 〈데와〉 때문에 아이들은 주산 귀신이 된다.

학교에 가면 빵을 나눠준다. 털실도 학급당 한 달에 서너댓 뭉치씩 배급해 준다. 운동화도 몇 켤레 나눠준다. 종희는 빵은 받는데 털실과 운동화는 한번도 받은 적이 없다. 과수원 큰집 사촌언니가 같은 학교 선생으로 있어서 주지 않는다고 한다.

사촌언니는 원산 루시 여학교 졸업하고 종희 4학년 때 덕성 국민학교 선생으로 부임했는데 학교에서 인기가 좋

다. 구니모치라는 일본 선생이 사촌언니를 따라다녔지만 언니 부모들은 일본 놈 싫다고 사귀지 말라고 한다. 사촌 언니가 구니모치 선생을 피하자 그는 종희를 찾아온다. 사 각으로 접은 편지를 건네며 언니에게 전해 달라고 한다. 종희는 순진하게 편지를 펴보지도 않고 언니 집으로 가지 고 간다. 언니 부모들은 그 편지를 보고 딸 단속을 더욱 한다.

학교에서는 수시로 아이들에게 산으로 가서 관솔을 패오 라 한다. 관솔로 기름을 짜기도 하고 불을 붙이기도 한다. 몸이 약한 종희는 아이들이 관솔을 패러 가면 혼자 남아 교실을 지킨다. 사촌언니가 종희 담임에게 부탁을 하여 그 런 특혜를 받는 셈이다.

5학년 종희네 우메[梅] 반 담임은 사촌언니와 같은 날 부임해 온 단짝으로 한국 여자이다.

「90점 이상 받을 자신 있는 사람 손들어 봐!」

시험 날, 담임이 이상한 소리를 한다. 아이들은 시험 문 제도 보지 않고 얼만큼 점수를 받을지 알 수 없어 머뭇거 린다. 손을 든 아이는 서넛밖에 없다.

「손 들지 않은 학생들은 모두 나와 일렬로 줄을 서!」

담임이 기합을 줄 태세이다. 5학년은 남녀 합반이기 때 문에 남자 여자 아이들이 뒤섞여 줄을 선다. 종희는 아버 지를 닮아 키가 크기 때문에 맨 뒤에 가서 선다.

「줄을 서서 교실을 돈다!」

담임의 구령이 떨어지기가 무섭게 아이들이 책상과 걸상 사이로 구불구불 교실을 돈다.

「더 빨리 뛰란 말이야!」

담임이 맨 뒤에 서 있는 종희를 밀어버린다. 종희가 휘청, 하며 앞에 서 있는 아이 어깨를 짚는다. 그 아이가 넘어지자 종희도 앞으로 고꾸라지고 나머지 아이들도 우르르 자빠진다. 아이들 머리가 책상과 걸상에 부딪힌다.

쿠당탕 쿵쿵.

「아이쿠, 아야」

90점 이상 받을 자신이 없다고 뺑뺑이를 돌리는 담임은 보통 욕심이 많은 게 아니다.

5학년이 되자 빵 대신에 밥이 배급된다. 밥은 보리밥이다. 반찬은 각자 집에서 도시락에 싸와야 한다. 점심시간이 되면 식사 당번이 식당에 가서 보리밥을 한 바께쓰 받아가지고 온다. 먼저 담임 선생에게 반합으로 보리밥을 퍼서 드린다. 물론 반합을 다 채우지는 않는다. 그 다음 아이들이 도시락에 보리밥을 받는다.

종희는 보리밥만 먹으면 5교시쯤 되어 변소로 가서 토하지 않으면 안 된다. 종희는 보리밥 먹는 점심시간이 겁이 난다. 종희가 사촌언니를 찾아가서 사정한다.

「언니야, 나 보리밥 못 먹겠다. 담임 선생님께 부탁하여

나 보리밥 먹지 않게 해주라」

「그럼 너, 점심은 어떻게 할 거야?」

「나, 굶어도 좋다. 굶는 게 차라리 낫다. 학교 끝나고 집에 가서 먹지 뭐」

「그래 알았다. 내 말해 볼게」

담임은 여전히 종희에게 보리밥을 먹도록 한다. 종희가 보리밥을 께적께적 먹다가 몇 알이라도 남기기만 하면 담임이 회초리로 종아리를 때린다.

「입립개신고(粒粒皆辛苦). 밥 한 알 한 알에 농부의 땀과 고생이 배어 있다고 했지?」

종희는 몇 개 남은 보리밥알을 눈물에 말아 마저 삼킨다. 5교시 시작될 즈음 영락없이 변소로 달려가 보리밥알들을 그대로 토한다. 종희는 약속을 지키지 않는 사촌언니가 원망스럽다.

하루는 담임이 종희를 불러서 이야기한다.

「네가 보리밥 먹으면 토한다는 말 네 언니한테서 벌써 들었어. 하지만 네가 나중에 보리밥 먹는 어려운 시절이 있을지도 모르잖아. 그래서 널 훈련시키느라 언니 부탁을 들어주지 않은 거야. 지금도 보리밥은 정말 못 먹겠니?」

「먹으면 토해요」

종희가 눈물을 뚝뚝 흘린다.

「알았다. 그러면 아이들 눈도 있고 교장 선생님 눈도 있

으니 내일부터는 보리밥 밑에 쌀밥을 넣어서 도시락을 싸
오란 말이야. 팥밥 조밥을 쌀밥 위에 얹어도 좋고. 우선
네가 건강해야 하지 않겠니. 안 그래도 늘 비실비실 아픈
데」

다음날부터 종희는 보리밥, 잡곡밥 밑에 넣어온 쌀밥을
몰래 파먹는다.

종희가 가슴이 아파 숨을 잘 쉬지 못한다. 병원에 가서
엑스레이를 찍으니 폐가 약하다고 한다.

「네 큰오빠 유모가 또 해코지를 하는가 보다. 그 여자가
폐병으로 죽었거든」

종희 어머니는 종희가 알아듣기 힘든 말을 중얼거린다.
종희는 휴학계를 내고 용하다는 외갓집 동네 의사한테 가
서 치료를 받는다. 아버지와 의형제를 맺은 작은아버지가
원산 도립병원 약제사로 있어 종희 약을 한 움큼씩 지어다
준다.

약을 먹으견 잘 낫지 않는데 의사한테 주사를 맞으면 가
슴이 시원해진다. 외갓집 동네 아주머니가 종희 어머니를
찾아와 말한다.

「종희가 맞는 주사가 뭔지 아세요?」

「폐 좋아지라는 주사지요」

「그게 아니라 아편 주사래요」

「아이구머니나, 난 종희가 그 주사 맞으면 좀 낫는다고

하길래」

　종희 어머니가 기겁을 한다.

「아무 병이나 아편 주사 놓아주면서 용하다는 소문 듣고 있다니까요」

　종희는 주사는 맞지 않고 약만 먹는다. 집에서 쉬면서 우메 반 남자 반장, 미나모도 얼굴을 마음속으로 그리고 또 그린다. 키는 작아 종희 귓불 정도에 미치지만 반에서 제일 예쁜 아이이다. 종희가 학교에 안 가는 사이에 다른 계집아이가 미나모도 마음을 빼앗아갈지 모른다.

　동네 아이들이 종희를 놀린다.

「왜 학교 가지 않니?」

「몸이 아파서」

「너 폐병이지? 병균 옮기니까 고개 돌리고 말해」

　종희는 살고 싶은 마음이 없어진다. 집으로 달려가 제일 좋은 공책과 연필 들을 챙겨 친구에게로 간다.

「이것 다 네가 가져」

　종희가 내미는 물건들을 보고 친구가 놀란다.

「이 아까운 걸 왜 나에게 주니?」

「난 세상에 없을 테니까」

　친구가 눈물을 글썽이며 위로한다.

「네 병은 얼마든지 고칠 수 있대. 마음 약하게 먹지 마」

　종희는 친구가 고맙기 그지없다.

「아무튼 이것 다 네가 가져. 너에게 주는 선물이야」

종희는 물건들을 놓아두고 손등으로 눈물을 훔치며 친구 집을 달려나온다.

종희는 뒤뜰에서 기르는 토끼를 자주 찾아간다. 토끼풀을 부지런히 뜯어다 먹인다. 김서방이 산에 나무를 하러 갔다가 산토끼 한 마리를 잡아가지고 와 토끼장에 같이 넣어둔다. 김서방은 종희네 하인인데 결혼도 하지 않은 노총각을 사람들은 서방이라 부른다.

밤색 털을 하고 있는 산토끼는 집토끼보다 훨씬 눈이 초롱초롱하다. 먹이를 갖다줘도 금방 먹지 않고 아무도 없을 때 야금야금 먹는다. 종희는 산토끼가 점점 좋아지는데 산토끼가 그만 집토끼를 물어뜯어 피까지 흘리게 한다.

「김서방, 토끼장 따로 하나 더 만들어줘. 집토끼 죽겠다」

「산토끼는 그냥 잡아먹어 버리죠. 원래 그렇게 하려고 잡아왔으니까」

김서방은 토끼장 만드는 일이 귀찮은 모양이다. 종희도 아직까지는 집토끼를 더 좋아하므로 산토끼를 버리기로 마음먹는다.

김서방이 산토끼를 집어들고 집 앞 개울로 나간다. 김서방은 산토끼 목도 따지 않고 산 채로 껍질을 벗긴다. 종희는 두 손으로 얼굴을 가리며 쪼그리고 앉는다.

「학생 아씨, 이놈 보셔야 해요」

종희가 손가락들 사이로 훔쳐보니 껍질이 다 벗겨진 산토끼가 깡총깡총 이리저리 뛰어다니고 있다.

「김서방, 빨리 죽이든지 해」

종희 목소리가 떨린다.

「이놈 독하죠? 학생 아씨도 이놈처럼 강해야 해요. 몸 좀 아프다고 마음 약해지면 안 돼요」

그제야 김서방이 산토끼 목을 딴다.

종희 아버지는 햇곡식을 추수하면 맨 먼저 친형님, 그러니까 종희 진짜 큰아버지를 모시고 와 햅쌀밥을 차려드린다. 세상에 무서울 것이 없는 종희 아버지지만 친형님만은 하늘처럼 떠받든다.

할아버지 산소에 성묘하러 갈 때 종희 아버지가 동네 사람들과 장기를 두다가 트럭을 놓치는 바람에, 며느리도 다 보는 앞에서 친형님한테 장작개비로 두들겨맞은 적도 있다. 종희는 추석 명절옷을 입고 큰집 마당에서 사촌언니들과 땅따먹기 놀이를 하다가 장작개비가 날아오는 것을 보고는 놀라 자빠질 뻔한다.

종희네는 가마니를 쌓아두고 묵은쌀을 먹다가 6월경 보릿고개가 시작되면 못사는 소작농들에게 쌀을 나눠준다. 소작농들은 줄을 서서 포대에 쌀을 받아 간다.

김장철이 되면 종희 어머니는 김장하고 남은 배추와 양념을 가지고 가난한 이웃들 김장까지 해준다. 종희 어머니는 김장을 하면서 종희에게 속삭인다.

「내버리는 것 가지고 해주는 거지만 얼마나 좋은 일이
니. 내가 이렇게 하는 것도 다 너희들 나중에 복 받으라고
하는 거야. 적선을 하면 후손들이 복을 받는다잖아」

학교를 가지 않으니 전에는 잘 보이지 않던 집안일들이
종희 눈에 하나하나 들어온다.

작은오빠가 하루는 교복 단추들을 다 풀어젖히고 어머니
에게 대든다.

「우리 엄마 찾아줘요!」

종희는 작은오빠를 친오빠로 알고 있다가 깜짝 놀란다.

「이놈아, 내가 낳은 자식까지 굶겨 죽이면서 널 친자식
처럼 젖 먹여 키웠어. 그런데 이제 와서 네 에미를 찾아달
라고? 아이구」

종희 어머니는 마루를 손바닥으로 내리치며 서럽게 통곡
을 한다.

화로에 군밤을 구워 먹을 때도 어머니는 큰오빠와 올케
눈치를 보며 군밤을 자꾸 그들 앞에 갖다놓는다. 종희가
부엌으로 간 어머니를 따라가서 묻는다.

「엄마, 엄마는 왜 큰오빠 앞에서 늘 쩔쩔매?」

「너도 이 다음에 커 봐라. 자식이 크면 어렵단다」

어머니는 가만히 눈시울을 훔치기만 한다. 종희는 큰오
빠도 작은오빠처럼 어머니 친자식이 아닌지도 모른다는 생

각을 한다. 자기도 어머니 친딸이 아니면 어쩌나, 눈앞이
아찔해진다.

「종희가 자꾸 아프니 우리 이사를 가요. 이사를 가면
유모 귀신도 따라오지 못할 거예요. 종희 폐병도 나을 거
예요」

어머니가 아버지에게 호소하는 말을 종희가 엿듣는다.

종희는 6학년이 되어 다시 학교에 간다. 담임은 야마모
도라는 여선생이다. 한국 사람인데 노래도 잘하고 키도 크
다. 소련 유학이 꿈인지 늘 소련 이야기만 늘어놓는다.

점심시간에 종희가 한옥숙이라는 애와 나무 그늘에서 잡
담을 나눈다. 옥숙이 하늘을 가리키며 말한다.

「저 구름 좀 봐」

종희가 구름을 올려다본다.

「구름이 참 예쁘다. 꼭 고기 비늘들 같네」

옥숙이 얼굴이 밝아진다.

「그렇지? 고기 비늘 같지? 우리 아빠 고등어 많이 잡아
올 거야. 구름이 저러면 고등어떼 만나거든」

그때사 종희는 옥숙이 아버지가 어부라는 사실을 알게
된다. 옥숙은 비늘 구름 끼는 날이 드물어서 그런지 고무
신도 신지 못하고 볏짚신을 신고 있다.

종희 작은오빠는 서울로 가서 식산은행(상업은행의 전신)
에 취직을 한다. 거기서 일년쯤 일하다가 연희전문으로 들

어갈 예정이다. 아버지가 작은오빠가 잘 있는지 서울로 가 본다. 작은오빠 하숙방에 일본 여자가 있는 것을 보고는 노발대발하여 작은오빠를 데리고 올라온다.

「일본 여자는 안 돼! 그리고 이북 여자도 안 돼! 내가 정해 주는 여자랑 결혼하면 네 소원 뭐든지 들어줄게」

아버지 고집에 못 이겨 작은오빠는 결국 자기 뜻을 꺾는다. 아버지는 작은오빠가 평소에 마음에 들어하던 일본집 저택을 사주기로 한다. 작은오빠가 그 집을 좋아하게 된 것은 순전히 그 집에 피어 있는 화초들 때문이라 해도 과언이 아니다.

아버지가 종희에게도 묻는다.

「그 화초 많은 일본집 어떠냐? 거기 살고 싶으니?」

「그럼요. 이 집보다 훨씬 낫죠」

아버지가 작은오빠를 위해 일본집을 사고 식구들이 모두 이사를 간다. 이전 집은 큰오빠 친구더러 그냥 와서 살라고 한다.

새로 이사간 집은 원산중학 가는 길 큰 개울 옆에 있다. 개울 다리 밑으로 맑디맑은 물이 흐른다. 채마밭을 빙 두르고 있는 어른 키만한 앵두나무들이 그대로 집 담벼락이다. 백여 평 뒤뜰에는 온갖 화초들이 피어 있다.

방도 보통 8조 다다미, 12조 다다미 들이다. 목욕탕도 잘 갖춰져 있다. 폭 1미터 50센티 정도 되는 비막이 문짝들이 열 개나 죽 이어져 있다. 집 크기에 비해 좁은 편인 마루는 학교 골마루처럼 길쭉하다. 마루를 닦을 적에는 골마루 청소할 때처럼 걸레를 쥐고 엉덩이를 치켜들고는 한두 차례만 냅다 달리면 된다.

자정 무렵만 되면 집 곳곳에서 이상한 소리들이 난다. 다가닥다가닥 말 달리는 소리, 째각째각 시계 소리, 드륵드륵 누룽지 긁는 소리 들이 들린다.

종희는 6조 다다미 방에서 밤늦도록 시험 공부를 하다가 그 소리들 때문에 무서워 안방으로 건너가서 공부를 한다. 종희 아버지는 목욕탕에 들어가면 꼬꼬꼬꼬, 물닭 우는 소리가 들린다고 한다. 쑥 치켜올려진 관우 눈썹에 평소에는 겁이 없는 분이 목욕을 할 때는 꼭 아들들을 데리고 들어간다.

어떤 때는 덜그덕덜그덕, 광에 채워놓은 자물쇠 여는 소리가 난다. 도둑이 들었나 하고 관솔불을 켜들고 달려가 보면 아무도 없다. 광에는 쌀 가마니를 쌓아두고 마른 엽초 더미 같은 것을 선반에 얹어둔다.

종희 올케가 선반에서 엽초 더미를 내리려 쌀 가마니들을 딛고 올라선다. 순간, 가마니가 아래로 푹 꺼지는 바람에 하마터면 곤두박질 칠 뻔한다. 분명히 가마니들은 묶인 그대로인데 속에 든 쌀만 세 가마니나 감쪽같이 사라지고 없다.

쌀알들이 광에서부터 시작하여 바깥 길까지 죽 흩어져 있다. 사람들이 쌀알들을 따라가본다. 신풍리와 시내 쪽으로 갈라지는 삼거리 지점에서 흔적이 없어지고 만다. 어디에도 쌀 한톨 떨어져 있지 않으니 더 이상 따라가볼 수가 없다. 사람 짓인지 도깨비 짓인지 가리사니가 잡히지 않는다.

작은오빠가 철원 여자랑 결혼을 한다. 방들을 터서 20조 다다미로 만들어 혼례식을 올린다. 푸짐한 음식들과 형형색색의 꽃들이 놓인 수(壽) 자 상이 신랑측에서 신부측으로, 신부측에서 신랑측으로 오고간다. 마당에는 소 한 마리, 돼지 한 마리, 떡 다섯 가마로 큰 잔치가 벌어진다.

작은오빠 친모가 옷을 곱게 차려입고 혼례식에 나타난다. 종희 어머니는 뱀을 본 듯 고개를 돌린다.

작은오빠 친모가 갑자기 나타난 충격 때문인지 종희 아버지는 얼마 있다 중풍으로 쓰러진다. 중풍에는 갓 잡은 까치 피가 좋다고 한다. 하인들이 새총을 만들어 까치를 잡아온다. 사람들이 까치 목을 따서 뜨끈뜨끈한 피를 받아 종희 아버지 두 볼에 옻칠하듯 바르고 또 바른다.

종희 아버지 입이 조금씩 돌아와 말을 더듬더듬 할 수 있게 된다.

「사실은 말이야, 이 집이 큰 연못을 메워서 그 위에 지은 집이래. 그러면 집이 흉가가 되기 쉽거든. 도깨비집 말이야. 그래서 싸게 살 수 있었던 거지. 난 이 집 사서 이사 오기가 싫었지만 너희들이 좋아하니, 요즘 세상에 도깨비가 어디 있나, 하고 온 거지. 근데 내가 이렇게 쓰러진 걸 보니 이 집이 흉가는 흉가인가 보다」

「그럼 이사를 다시 가요. 전에 살던 집으로요」

「그것도 쉬운 일이 아니란다. 이 집이 팔리지도 않았는데 어떻게 이사를 가니? 조금 기다려보자꾸나. 내가 쓰러진 걸로 일단 액땜은 한 셈이니까」

종희 동네는 방공호가 따로 없고 과수원 움이 방공호다. 맞은편 동네는 그런 것도 없어 공습경보 사이렌이 울리면 산 위로 올라가 피해 있어야 한다.

에에엥 에에엥 에엥.

또 공습경보가 울린다. 미국 비행기는 끈질기게 날아온다. 종희네는 과수원 움으로 달려간다. 움은 벌써 동네 사람들로 꽉차 있다. 종희가 간신히 비집고 들어간다.

「사람들 다 왔나?」

「김서방이 아직 안 온 거 같애」

종희는 김서방만 생각하면 기분이 나빠진다. 지난봄에 친구랑 뒷산으로 달래를 캐러 갔는데, 김서방이 따라와서 친구 치마 속에 손을 집어넣어 거기를 만진 것이다. 엄마야, 종희 친구가 놀라 비명을 지른다. 야 이 새끼야, 친구가 김서방 빰을 때린다. 종희는 좀 떨어진 곳에서 그 광경을 보고는 기겁을 한다. 김서방은 얼굴이 홍당무가 되어 도망을 간다.

「빨리 뚜껑 닫으라니까」

「조금 있다 닫어」

사람들이 수군거리는 중에 종희가 얼른 뚜껑을 닫아버린다. 김서방이 이렇게 어둡고 비좁은 움 안에 들어오면 또 무슨 엉큼한 짓을 할지 모른다.

김서방은 과수원 움으로 들어오지 못하고 건넛마을 사람들과 함께 산꼭대기로 올라간다. 냉면집 국보 아저씨도 큰아들 국보와 식구들을 데리고 산으로 간다.

공습경보가 계속 울리는데도 국보 아저씨는 산 위에서 담배를 한 대 피워 문다. 온 천지가 캄캄한데 담배 한 대쯤 피운다고 누가 알아보랴 싶었던 모양이다.

쌔애애애액 콰아아아앙, 퍼어어엉.

미국 비행기가 담뱃불을 향해 폭격하기 시작한다.

「미국놈들이 석유공장으로 착각했나」

사람들이 혼비백산 바위 뒤에 숨고 엎드린다. 건넛마을 사람들 중에는 다친 사람이 없다. 종희네 김서방만 포탄 파편에 맞아 피투성이가 된 채 사람들에게 업혀 내려온다. 종희 친구 치마 속에 손을 집어넣은 벌을 김서방이 톡톡히 받은 셈이다.

국보 아저씨는 종희 아버지가 중풍으로 쓰러지자 종종

냉면을 가지고 문병을 온다. 냉면은 주로 밤중에 기계에 눌러서 만든다. 국보 아저씨는 방금 받아낸 냉면을 목판에 얹어 육수 물 주전자와 함께 자전거에 싣고 온다.

「야, 냉면 먹어!」

식구들이 잠을 자다가 눈을 부비며 일어나 냉면을 먹는다. 참기름을 살짝 친 냉면 맛이 기가 막혀 식성 좋은 종희 오빠들은 두세 그릇은 거뜬히 비워낸다. 국보 아저씨는 냉면 솜씨가 정말 국보급이다.

하루는 종희가 아침에 일어났는데 두 눈이 아프고 침침하여 제대로 뜨고 있을 수가 없다.

「삼이 섰어. 삼이야」

어머니가 쯔쯔, 혀를 찬다.

종희는 삼을 잡기 위해 도립병원으로 간다. 거기 약제사로 있는 작은아버지가 종희를 데리고 안과로 간다. 의사에게 잘 봐달라고 특별히 부탁을 한다.

「각막염이 심하군. 이대로 두면 눈이 멀지도 몰라. 치료를 잘해야지」

의사가 종희에게 주사를 놓고 눈에 약물을 넣고는 안대를 씌운다.

「안대를 쓰고 있지 않으면 큰일나. 잘 쓰고 있어」

다행히 종희는 한쪽 눈만 안대를 쓰고 있으면 된다. 병원에는 두 눈 다 안대를 쓰고 있는 아이, 어른들도 많이 있다.

에에에엥 에에엥 에엥.

공습경브가 또 울린다. 의사와 간호원, 환자들이 우르르 병원을 빠져나와 방공호로 달려간다. 두 눈에 안대를 쓰고 있는 환자들은 소경처럼 더듬으며 다른 사람들에게 이끌려 간다.

종희를 치료하던 안과 의사는 몸을 피할 생각을 하지 않는다.

「선생님, 공습경보가 울렸는데요」

종희가 불안하여 어쩔 줄을 모른다.

「괜찮다. 너 치료해주던 것 마저 해줘야지. 사람마다 운명이라는 게 있는 거야. 방공호로 피한다고 폭격 안 당하는 게 아니고, 여기 병원에 그대로 있다고 해서 폭격당하는 것도 아니야」

의사의 말을 들으니 종희는 조금 안심이 된다. 의사 선생님이 고맙기도 하다.

종희는 수업 중간에 담임의 허락을 받아 병원에 갔다온다. 병원으로 가는 도중에 공습경보가 울리면 방공호에 들어갈 여유가 없다. 종희는 담임의 당부대로 전봇대 같은 데 바짝 붙어 서 있거나 풀섶에 엎드려 있거나 한다. 담임은 전봇대는 미국 비행기가 폭격을 하지 않는다고 했는데 그 이유는 알 수가 없다.

전봇대나 풀섶을 찾으려고 달려가다가 게다짝이 부러질 때도 있다. 종희는 부러진 게다짝을 양손에 움켜쥐고 여름 뙤약볕을 맨발로 달린다.

국민학교 선생이던 종희 사촌언니는 함흥 남자에게 시집을 간다. 신랑은 중학교밖에 나오지 않았지만 사람이 똑똑하여 종희네 어른들의 인정을 받았던 모양이다.

사촌언니가 결혼한 지 얼마 안 되어 갓난 딸아이를 안고 친정집으로 돌아온다. 빨래도 못하고 음식도 잘 못해서 쫓겨왔단다.

종희 아버지가 노발대발하여 이화여전 졸업반에 다니는 사촌언니 동생까지 거짓 전보를 쳐서 불러 올린다. 종희 작은사촌언니는 자기 아버지가 위중하다는 전보를 받고 부랴부랴 서울서 원산으로 달려온다.

종희 아버지가 식구들을 다 모아놓고 선포한다.

「아무리 전문학교를 나와도 여자는 살림 못하면 소용이 없는 거야. 이제부터 여자들은 공부 그만하도록 하거라. 이화여전도 다닐 필요 없어」

종희의 작은사촌언니는 일주일 동안 밥도 먹지 않고 통곡한다. 어른들의 마음은 바뀌지 않는다. 종희 큰사촌언니는 자기 때문에 동생까지 학교에 다니지 못하게 되어 가슴이 찢어진다.

큰사촌언니가 닭고기 국물에 냉면을 풀어 먹고 다듬잇돌

을 베고 낮잠을 잠시 잔다. 깨어나 보니 그만 입이 돌아가 있다. 도립병원에 가서 치료를 받아도 좀체로 입이 제자리로 돌아오지 않는다.

공습이 잦아지자 소개소로 피하라 한다. 종희네는 한 달 가량 소작인들 집으로 피난을 간다.

「해방이 됐대요」

「해방이 뭐야?」

「일본놈들이 항복을 했대요. 이제 우리나라가 독립이 된 거예요」

종희 오빠들이 아버지에게 설명을 해도 정신이 오락가락하는 아버지는 잘 알아듣지 못한다.

종희네가 다시 원산으로 돌아와 일본집으로 들어간다.

해방군으로 들어온 소련 군인 하나가 대낮에 종희네로 와서 방을 하나 내달라고 한다. 종희 공부방으로 쓰는 6조 다다미 방을 내준다. 군인은 길쭉한 식빵을 머리에 베고 낮잠을 자고 나서 저녁 무렵 부스스 일어나 나간다. 종희는 베개로 할 만큼 크고 딱딱한 식빵은 처음 본다.

일주일이 지난 후, 소련 군인들이 총을 들고 통역관과 함께 종희네로 들이닥친다.

「이 집을 소련군 사령관 관사로 접수하겠다」

「왜 하필 저희 집입니까?」

「이 지역에서 제일 크니까」

소련군은 근처 원산중학교도 접수하여 소련군 본부로 사용한다.

종희네는 이전에 살던 집으로 도로 이사를 간다. 그 집에 살던 큰오빠 친구네는 다른 집으로 세를 얻어 나간다. 작은오빠네도 따로 집을 얻어 나간다.

종희는 일본집에 사는 도깨비들이 밤마다 더욱 소란을 피우기를 바란다. 아무리 소련군 사령관이라지만 도깨비들한테는 못 당할 것이다.

아닌게아니라 한 달 반쯤 지나 소련군 장교가 통역관을 데리고 종희네를 찾아온다.

「밤에 잠을 자려고 하면 왜 그 집에서 이상한 소리가 나느냐? 말굽 소리, 시계 소리, 물닭 우는 소리, 별별 소리들이 다 난다. 무서워서 잠을 못 자겠다. 장군님이 알아보라고 해서 왔다」

「우리도 모르겠다. 우리 있을 때는 괜찮았다」

종희 큰오빠가 짐짓 태연히 거짓말을 한다. 소련군 장교가 돌아가고 나서 종희네 식구들은 쿡쿡, 웃음을 삼킨다.

소식이 없던 사촌언니 남편이 동태잡이 배를 한 척 사서 사촌언니와 딸을 데리러 온다. 점심을 먹고 있는데 연락이 와서 사촌언니는 어른들에게 허둥지둥 인사를 드리고 어린 딸을 안고 부두로 달려간다. 어른들은 배웅을 하면서 눈시울을 훔친다. 사촌언니와 형부는 소련군의 눈을 피해 이남으로 내려간다.

종희는 루시 여학교 1학년이 된다. 처음으로 농구공을 만져보았는데 희한하게도 던졌다 하면 쑥쑥 잘 들어간다. 농구부 선배들이 농구 잘하는 학생을 50명, 30명, 10명, 5명 이런 순으로 뽑아 추려나간다. 최종까지 남게 된 종희는 약한 몸을 농구로 튼튼히 해야겠다고 마음먹는다.

대대적인 학제 개편이 이뤄진다. 국민학교 6년제를 인민학교 4년제로 했다가 5년제로 바꾸고 국민학교 6학년은 초급중학 1학년이 되게 하고 중학 1학년은 2학년이 되게 한다. 초급중학교와 고급중학교는 3년제로 한다.

고급중학교는 남녀 각각 하나씩 만들고 전문학교는 수산, 공업, 농업, 의학, 사범, 이렇게 다섯 학교나 만든다. 농업, 공업은 남자들만 가고 나머지 수산, 의학, 사범은 남녀 공학이다. 실력이 떨어지는 학생들은 수산, 사범 쪽으로 가고, 실력이 좀 나은 학생들은 의학 전문학교로 간다. 사범 전문학교는 주로 가난한 집안의 여자애들이 간다.

루시 여학교는 미국 선교사가 지은 돌집으로 부르주아 학교라 하여 노동당에 빼앗겨 원산 고급중학교로 탈바꿈하게 되고 원래 학교는 원산 바닷가 어느 일본 학교와 합해진다. 그 일본 학교는 루시에 떨어지면 2차로 가는 학교이다. 루시라는 학교 이름도 없어지고 학교가 세 개로 나뉘어 1여중, 2여중, 3여중으로 불린다. 시험을 봐서 1여중에 떨어지면 3여중으로 가고, 3여중에서도 떨어지면 2여중으로 간다. 홀수인 1과 3이라는 숫자가 짝수인 2보다 나아서 그런 모양인가.

루시 여학교가 일본 학교와 합해지기 직전에 방화 사건이 일어난다. 종희 반 반장아이가 아침 일찍 학교로 들어와 관솔을 4층 교실에 모아놓고 성냥불을 붙인다. 학교가 돌집이라 목조 가옥과는 달리 꼭대기층에서부터 불을 질러야 아래로 옮겨붙을 수 있는 법이다.

교장 조카인 영숙이라는 애가 수업시간 전에 학교에 피아노를 치러 왔다가 복도에 가득한 연기를 보고 교장 사택으로 달려가 알린다.

「외삼촌, 학교에 불이 났어요!」

교장이 달려와 4층 교실로 뛰어 올라간다. 반장아이가 도망을 가려다 교장과 마주친다. 반장아이는 반사적으로 손에 쥐고 있는 성냥갑을 교장을 향해 던진다. 교장은 엉겁결에 성냥갑을 손으로 받는다. 교장은 반장아이를 붙잡고는 불이 난 교실로 들어가 발로 관솔불을 밟아 끈다.

반장아이는 죄수복을 입고 재판을 받는다. 종희는 학교 선생들과 아이들과 함께 재판 구경을 간다.

「남조선 간첩이 시켰지?」

「네」

「미국 유학시켜주겠다고 꼬드겼지?」

「네」

집이 몹시 가난했으나 공부는 반에서 일등을 한 반장이 간첩에 속아넘어가다니. 풀이 죽어서 모기만한 소리로 네, 네, 대답만 하고 있는 반장이 안쓰러워 자꾸만 눈물이 나려고 한다.

이런 소란 끝에 종희는 1여중 학생이 되어 여전히 농구부 선수로 뛴다. 농구 시합을 하면 3여중이 늘 라이벌이었는데 1여중이 처음에는 지다가 나중에는 연거푸 이긴다.

도에서 우승을 하면 학교에서 농구부원들에게 금강산 구경을 시켜준다. 학교에서는 오전 수업은 마치고 금강산으로 가라 하지만 농구부원들은 마음이 들떠 아침 일찍 출발해버린다. 금강산 가는 길에 부원들은 돈까스나 오무라이스, 카레라이스 같은 고급 음식들을 얻어 먹기도 한다.

금강산은 종희가 어릴 적에 아버지를 따라서 멋모르고 와본 산이지만 이제 조금 커서 그런지 산굽이 하나하나, 계곡물 폭포 하나하나, 바위 나무 하나하나, 그냥 보아넘겨지지 않는다. 금강산을 다녀오면 신선 할아버지 품에 푹 안겼다가 돌아온 기분이다. 마음과 몸이 그렇게 상쾌할 수 없다.

농구 시합은 주로 공설운동장에서 벌어진다. 종희 아버지가 불편한 몸으로 친구들과 함께 종희를 응원해 주러 와서 기겁을 한다. 다 큰 계집아이들이 팬티만 입고 이리 뛰고 저리 뛰고 있지 않은가. 종희 아버지는 시합을 보다 말고 집으로 돌아가버린다.

종희는 시합에서 이기고 기분이 좋아 우쭐대며 집으로 간다. 아버지가 담뱃대를 들고 야단을 친다.

「당장 그만둬. 말만한 계집애들이 훌러덩 다 벗고」

「그래도 농구 덕에 종희 몸이 많이 나아졌잖아요?」

어머니가 조심스럽게 끼여든다. 아버지는 종희 건강 문제만 나오면 할말이 없어진다.

학교에는 민청이라는 것이 생겨 매일 교양학습을 하고 자기비판을 한다. 농구부는 운동을 핑계 삼아 민청 모임에 참석하지 않아도 된다. 종희는 그 점이 너무 좋아 더욱 농구에 매달린다. 라이트 포드를 서기도 하고 레프트 포드를 서기도 한다.

반장아이가 불을 질렀던 그 이듬해, 바로 그날 그 시각에 이전 루시 여학교, 그러니까 원산 고급중학교에 화재가 또 발생한다. 불에 벌겋게 달궈진 바위만한 돌들이 이리저리 튀어오른다. 돌집이 타는 광경은 목조 가옥 타는 것보다 더 웅장하고 괴기스럽다.

근처 공업전문학교 학생들도 몰려나와 화재 진압을 돕고 비품들을 끄집어내기에 여념이 없다. 피아노도 4층에서 아래로 던져지고, 책걸상, 실험실 도구 들도 던져진다. 각종 서류들도 학생들이 건져내온다.

종희를 비롯한 이전 루시 여학교 학생들은 아침 조회 시간에 화재 소식을 전해 듣는다. 학생들은, 이왕 빼앗긴 학교 홀랑 다 타버려라 하고 오히려 속으로 박수를 치며 그쪽 하늘을 바라본다. 거리가 멀어 검은 연기만 보일 뿐 학교가 타는 모습은 보이지 않는다.

하필 그날 그 시각을 택하여 누가 방화를 한 것일까. 아직 감옥에서 나오지 않은 반장아이가 불을 또 내었을 리는 없고, 남조선 간첩들이 보복으로 방화를 한 것일까.

종희 학교 농구부는 수산전문학교 남자 선수들과 자주 시합을 갖는다. 남자 선수들이 종희 학교로 와서 시합을 하는데 여자 교장이 농구부 코치 선생을 불러 야단을 친다.

「어떻게 남녀가 한데 어울려 시합을 할 수 있어요? 몸이 서로 부딪히고 같이 껴안고 넘어지기도 하는데」

「시합을 할 때는 남자나 여자나 아무 생각이 없습니다. 오로지 이겨야겠다는 신념뿐이지요. 그러니 너무 염려하지 않으셔도 됩니다. 이성 문제로 불상사가 일어나면 제가 전적으로 책임을 지겠습니다」

코치 선생의 설득으로 간신히 사태가 수습된다.

수산전문학교 선수들과 시합을 하면 종희 학교가 늘 진다. 여자 선수들이 남자 선수들 체력을 당해낸다는 것이 그리 쉬운 일이 아니다. 한번은 종희 학교 가드 박만실이 수산학교 아이들과 시합을 하다가 점프로 볼을 받는 척하며 남자 선수 귀싸대기를 냅다 갈겨버린다. 남자처럼 억세게 생긴 만실의 손에 얻어맞은 아이는 저쪽으로 나가떨어진다. 만실은 퇴장을 당하면서 투덜거린다.

「남자들하고 해봤자 늘 지는 거, 왜 해?」

코치가 만실을 나무라기도 하고 달래기도 한다.

「평소에 남자들과 시합을 하면서 체력을 길러놓으니까 대회에 나가 여자부에서 일등을 하는 거야」

종희 어머니는 농구부 코치 선생과 선수 다섯 명, 후보 선수 두 명, 이렇게 도합 여덟 명을 종종 집으로 초대하여 음식을 대접한다.

「만날 앓던 애가 농구를 하고부터는 많이 건강해졌어요」

종희 어머니가 코치 선생에게 고마움을 표시한다.

「종희는 우리 농구부 자랑인걸요. 1여중 백넘버 7번 하면 원산에서 모르는 사람이 없을 정도라니까요」

코치 선생과 선수들이 종희를 띄워준다.

종희에게 연애편지를 보내는 남자애들이 많이 생긴다. 과수원 큰집 셋째아들 효신이 백 미터를 12초에 달리는 육상선수로 원산 지역에서 일등을 하는데, 그 애가 남자애들 편지를 종희에게 한보따리 가져온다. 집에서 알면 큰일나니까 대개 시합 끝나고 운동장에서 건네준다.

「오빠는 왜 이런 편지들을 가지고오고 그래?」

종희는 동갑내기 효신보다 생일이 조금 빠르지만 어머니

엄명에 따라 효신을 오빠라고 부른다. 종희는 남자애들 편
지를 보는 둥 마는 둥 하고는 그 자리에서 북북 찢어버린
다. 종희 학교 농구부원 중에 효신을 좋아하는 아이가 있
어서 종희는 그 아이와 효신이 만날 수 있는 기회를 마련
해 주기도 한다.
　종희는 큰아버지 둘째아들 효식을 은근히 마음으로 좋아
한다. 효식은 연희전문에 다니고 있었는데, 방학 때 원산
에 오면 문학전집 한 질을 종희에게 안겨주면서 다음 방학
때까지 다 읽고 감상문을 써놓으라는 숙제를 주고 간다.
　「넌 운동만 해서는 안 돼. 공부도 열심히 해서 이화여전
에 꼭 들어와야지」
　종희는 이화여전 생각보다는 서울 갈 꿈에 부풀어 효식
이 놓고 간 문학전집을 뒤적인다.
　시합에서 이긴 다음날은 농구부원들에게 공휴일과도 같
다. 학교에 가서 수업을 한 시간만 하고 몸이 피곤하다는
핑계로 조퇴를 한다. 학교의 명예를 빛내주었으니 선생들
도 막지를 못한다.
　종희는 집으로 막바로 돌아가지 않고 학교 근처 이모집
으로 가서 변장을 한다. 교복을 벗어두고 사복으로 갈아입
은 후 수건으로 머리를 둘러 가리고 몰래 극장 구경을 간다.
　종희가 극장에서 몸을 잔뜩 움츠리고 있어도 사람들이
용케 종희를 알아본다.

「백넘버 7번이야! 저렇게 차려입으니까 완전히 어른인데」

종희는 학교 규율 선생에게 몇 번 들키기도 한다.

「시합에서 지기만 하는 배구부 같았으면 넌 벌써 정학이야. 농구부라서 특별히 봐주는 거야」

종희는 농구 덕에 어떤 처벌도 받지 않는다.

종희네 가까운 친척들이 제삿날 같은 때 한자리에 모이면 엄청난 대가족이 된다. 아버지 의형제 식구는 빼고라도 스무 명 이상이 된다. 그들 밥을 하려면 쌀을 한 말 정도 씻어서 무쇠솥에 부어야 한다. 종희 아버지는 종희더러 쌀을 씻고 밥을 해보라고 시키기도 한다.

「너도 여자니까 시집가기 전에 이런 걸 다 해봐야 해」

종희는 무쇠솥에 들기름을 조금 둘러 바르는 것을 잊지 않는다. 그러면 밥을 푸고 나서 어마어마한 누룽지가 모양 좋게 솥에서 떨어져 나오는 법이다. 그 누룽지를 학교에 가져가면 몇몇 가난한 아이들 점심 식사도 너끈히 때울 수 있다. 농구부 가드 만실이 누룽지 단골이다.

만실보다 또 지독하게 가난한 아이가 하나 있다. 학교 가는 길 인가도 없는 허허벌판에 움막을 짓고 어머니랑 단둘이 사는 아이이다. 고향은 조치원이고 만주에서 살다가 원산으로 이사를 왔다고 한다. 한동안 꽤 재산이 있었는데 그 애 오빠가 전부 챙겨 다시 만주로 가버렸기 때문에 끼니도 못 때울 만큼 가난해진 것이다.

그 애는 하도 많이 굶어 학교 갈 기력조차 없다. 종희가 도시락 두 개를 싸들고 등교 길에 그 움막으로 가 도시락 하나를 풀어놓으면 모녀가 그걸로 아침을 때운다. 밥을 먹고 조금 기운을 차린 그 애는 종희와 함께 학교로 간다. 점심 때가 되면 종희는 넉넉하게 싸온 도시락으로 그 애와 나눠 먹는다.

학교 가을 소풍을 갔을 때 그 애가 종희에게 다가와 속삭인다.

「우리 이남으로 내려갈 것 같애. 고향 조치원으로. 내려가면 편지할게. 너도 나중에 내려와」

종희는, 가난하지만 착한 친구가 떠나가는 것이 마음 아파 눈물을 글썽인다.

「나도 사촌오빠가 있는 서울로 갈지 몰라」

종희는 차마 이화여전 이야기는 꺼내지도 못한다.

과연 그 애는 어머니랑 이남으로 내려간다. 얼마 후에 인편으로 편지를 보냈는데, 양말 밑 고무신 바닥에 편지를 숨겨 왔기 때문에 편지가 조각조각 난다. 종희는 편지 쪼가리들을 이리저리 맞추어가며 읽어나간다. 겨우 맞춰놓은 대목도 눈물이 앞을 가리어 잘 읽을 수 없다.

토지개혁이 시행될 거라는 소문이 나돈다. 소작인들의 태도가 이전 같지 않다.

종희는 무엇보다 소작인들이 옥수수를 가져다주지 않는

것이 서운하다. 삶아서 먹으면 단물이 뚝뚝 흐르는 채강냉이가 먹고 싶다.

「효신이 오빠 우리 강냉이 뜯으러 가자」

종희는 효신과 함께 밀가루 포대 자루를 들고 옥수수 밭이 넓은 소작인 집을 찾아간다. 아무도 없는 옥수수밭으로 들어가 우지끈우지끈, 옥수수를 수염째 따서 자루에 넣는다. 자루가 가득 찰 무렵, 옥수수밭으로 누가 들어와 언성을 높인다.

「왜 남의 걸 뜯어 가는 거야?」

가만히 보니 이 집 둘째며느리다. 소작인 둘째아들은 자기 형님까지 고발하여 인민재판에 넘길 만큼 열성분자이다.

「농사는 아줌마네가 지었지만 밭은 우리 거니까 가져가는 거예요」

「이 학생 반동분자가 세상이 어떻게 돌아가는 줄도 모르는 모양이야. 이제 이 밭은 우리 밭이야. 악덕 지주의 밭이 아니라 인민들의 밭이란 말이야」

여기서 대어들기라도 하면 정말 반동분자로 몰려 끌려갈 것만 같다.

「큰아저씨가 있었으면 뜯어가라 했을 텐데……. 암튼 두 번 다시 안 올 테니 염려마세요」

「시아주버니가 반동사상에 물들어가지고, 이런 것들한테 아양이나 떨고 다니고. 에잇」

여자가 침을 퉤, 뱉는다. 종희와 효신이 얼른 포대 자루를 걸메고 옥수수밭을 빠져나온다.

집으로 돌아와 옥수수를 큰 가마솥에 쏟아붓고 푹 삶는다. 옥수수 단내가 침을 가득 고이게 한다. 앞으로는 이렇게 풍성하게 옥수수를 삶아 먹지는 못할 것이다.

종희에게서 소작인 며느리 언행을 들은 오빠들은 시대의 흐름을 바꿀 수 없다고 생각했는지 소작인들을 불러모아 그들의 명의로 땅들을 나눠준다. 소문대로 토지개혁이 실시될 때 낭패를 당하지 않으려는 속셈도 있다.

농구부원들은 대개 2, 3 교시 마치고 점심을 먹고는 잠시 몸을 풀고 학교 선생들과 농구 시합을 하기도 한다. 선생들은 대개 가난하여 옷들이 허름하다. 군대 작업복을 입고 오는 선생도 있었는데, 호주머니가 엄청 커서 〈쌀 두 말〉이라는 별명으로 불린다. 〈쌀 두 말〉 선생은 워낙 장신이라 점프를 하지 않고도 공을 슬쩍슬쩍 링에 집어넣는다. 종희들은 아무리 점프를 해도 막아낼 재간이 없다.

농구부가 선생 팀에게 지면 변소간 청소나 토끼뜀을 하기도 하고, 선생 팀이 지면 농구부원들에게 냉면을 사기도 한다. 선생 중에 〈인민〉이라는 별명으로 불리는 선생이 있었는데, 코를 잘 훌쩍거리는 걸로 유명하다.

농구부가 이겨 냉면을 얻어먹으면서 가드인 만실이 〈인민〉 선생을 놀린다.

「선생님, 대동강 물은 말라도 선생님 코는 마르지 않을
거예요」

〈인민〉 선생이 또 코를 훌쩍거리며 만실을 노려본다.

「응? 너 지금 뭐라 그랬어?」

「아니에요. 선생님 코가 잘 생겼다구요」

만실이 얼른 발뺌을 한다.

농구부는 원산 송도원 바닷가 코트에서 연습을 하기도
한다. 거기 소나무들이 사람 하나 겨우 지나갈 만한 간격
으로 죽 늘어서 있는데, 그 울창한 소나무숲에 바닷바람
부딪히는 소리가 삽상하기 그지없다. 여름 같은 때는 농구
연습을 하다가 정 더우면 명사십리 모래사장을 가로질러
바다로 뛰어든다.

종희는 농구도 하면서 겨울방학 때는 문맹 퇴치 운동을
하러 시골로 간다. 밤중에 공회당 같은 곳에 글을 모르는
시골 사람들을 모아놓고 기역자부터 시작하여 한 자 한 자
가르친다.

3학년 농구부원은 2학기가 되면 고급중학교 진학을 위해
농구를 쉬게 된다. 후배 선수들이 대회에 참가하여 사범전
문학교 선수들과 결승 시합을 벌인다. 예과, 본과로 나뉘어
있는 사범전문은 예과에서 본과로 그냥 올라가므로 진학 부
담이 없어 전에 활약하던 선수들이 그대로 뛴다. 선배들이
빠진 종희 학교 선수들이 불리할 것은 뻔한 이치이다.

과연 전반전에서 종희 학교 선수들이 진다.

「야, 너희들 추리닝 벗어. 우리가 입고 뛰겠어」

후반전에는 종희를 비롯한 3학년 선수들이 후배 선수들을 대신하여 시합을 한다. 몇 달 동안 연습을 하지 않은 몸이 무겁기만 하다. 한 골 한 골 서로 주고받는 시소가 벌어진다. 종료 2초를 남겨두고 사범전문이 반 골, 그러니까 한 점을 앞서 있다. 패색이 짙은 그 시각에 종희가 있는 힘껏 중거리 슛을 던져본다. 공은 거짓말처럼 링 언저리에 부딪히지도 않고 빨려들듯이 쏙 들어간다. 동시에 종료 호루라기가 울린다.

「우와!」

환호성이 터진다. 반 골 차로 종희 학교가 아슬아슬하게 이긴 것이다. 가드를 본 만실이 종희를 안고 운동장 바닥에 뒹군다. 후배 선수들도 달려와 함께 얼싸안고 엉엉, 울음을 터뜨린다. 코치 선생도 두 손을 번쩍 들고 펄쩍펄쩍 뛰는데 손바닥에서 피가 뚝뚝 흐른다. 초조한 나머지 농구 코트 땅바닥의 딱딱한 흙을 손에 움켜쥐고 문대고 또 문대어 손바닥이 홀랑 벗겨진 것이다.

1여중 3학년 전원이 금강산으로 수학여행을 떠난다. 금강산은 보면 볼수록 새롭고 놀라운 산이다. 내금강, 외금강, 해금강 들을 차례로 둘러본다. 옥녀봉, 월출봉, 명경대, 망군대, 금강문, 만폭동, 신계사 삼층석탑, 구룡폭포, 구룡연, 천선대, 비로봉, 장수바위, 삼선암, 귀면암, 옥황상제바위, 자라바위, 도마뱀·거북선·개구리·성벽 바위, 독서·토끼·봉황 바위, 용마석, 마의태자능, 상팔담, 십이폭포, 관음폭포, 누운폭포, 합수막폭포, 삼일포, 와우섬, 사선각, 단서암, 총석정…… 둘러보고 둘러보아도 끝이 없다.

종희는 이제 이남 사람들은 금강산 구경을 와보고 싶어도 오기 힘들 거라는 생각이 든다. 삼팔선이 더욱 높아지고 있는 그즈음, 서울에 가서 효식 오빠를 만나고 싶은 종희의 꿈도 어쩌면 꿈으로 그칠지 모른다. 공부고 농구고 다 때려치우고 그때 사촌언니를 따라가는 건데.

가파른 산기슭을 타고 계단을 얼마 올라가니 좁은 동굴 입구가 나온다. 그 입구는 바로 서서 들어갈 수 없고 몸을 옆으로 비스듬히 해야 간신히 들어갈 수 있다. 종희 반에서 제일 뚱뚱한 아이 하나는 아무리 용을 써도 들어갈 수 없다. 그렇다고 온 길을 다시 돌아갈 수도 없고 아이들이 동굴 구경을 다하고 나올 때까지 동굴 입구에서 혼자 기다릴 수밖에 없다. 할 수 없이, 코를 잘 훌쩍거리는 〈인민〉 선생이 그 아이와 함께 입구에 남기로 한다.

아이들이 동굴 끝까지 가본다. 동굴은 터널처럼 저쪽 출구가 뻥 뚫려 있다. 그 끝에 가서 내려다보니 아찔하다. 바로 밑이 까마득한 낭떠러지이고 푸른 바다이다. 절벽에 부딪히는 파도가 맹수의 허연 이빨같이 으스스하다.

아이들이 동굴을 다시 돌아나오니 〈인민〉 선생과 뚱보 아이가 입구 벽에 기댄 채 퍼지르고 앉아 꾸벅꾸벅 졸고 있다. 〈인민〉 선생은 졸면서도 여전히 콧물을 흘리고 있다. 아이들이 웃음을 삼키며 지팡이 끝으로 그 콧물을 받아 보려고 장난을 치다가 그만 〈인민〉 선생 코를 찌르고 만다.

「아야, 누구야?」

〈인민〉 선생이 놀라 잠에서 깨어나고 뚱보 아이도 부스스 눈을 뜬다. 까르르, 아이들의 웃음보가 산골짜기에 맑은 메아리를 남긴다.

흔들거리는 고무다리에서 둘씩 어깨동무를 하고 아슬아슬하게 사진도 찍고 저녁 무렵 여관으로 돌아온다. 대궐만한 여관에는 공업전문 남자애들이 이미 하루 일정을 마치고 내려와 있다.

밤이 되니 남자애들이 술을 마시고 야단들이다. 남자애들은 1여중 학생들이 묵고 있는 방 근처로 와서 어슬렁거리기도 하고 쪽지 편지들을 전해 주기도 한다. 여학생들도 들떠서 잠을 잘 자지 못하고 밤새 수군거리고, 어머 어머, 짐짓 비명을 지르고, 깔깔댄다. 선생들이 이쪽저쪽 다니며 주의를 주어도 아무 소용이 없다. 술에 취해 학생들보다 한술 더 뜨는 선생들도 있다.

공업전문 학생들은 하루 먼저 여관을 떠나 온정리 역으

로 간다. 남학생들이 역 마당에 주저앉아 농성을 벌인다. 하루 더 있다 1여중 학생들과 같이 기차를 타고 원산으로 가겠단다. 선생들이 간신히 말려서 남학생들을 기차에 태운다.

평양에는 어마어마한 대회가 열리는 모양이다. 이남에서 김구 선생이 그 대회에 참석하러 온다고 사람들이 들떠 있다. 높아지기만 하는 삼팔선 담이 좀 낮아지고 뚫리지 않나 기대한다. 종희는 또 서울에 있는 효식 오빠 생각을 한다. 방학 때 숙제 검사 하러 온다던 효식 오빠 소식을 못 들은 지도 꽤 오래된다. 김구 선생이 다녀가면 효식 오빠가 숙제 검사를 하러 올 수 있으려나.

김구 선생이 다녀가도 효식 오빠는 오지 못한다. 그 대신 인민위원회 산업국장이 남한으로 전기를 보내느니 안 보내느니 담화를 발표한다. 남한 단독으로 5·10 총선거를 치른다면 전기를 끊어버리겠다는 것이다. 남한은 총선거를 치르면 전기가 없는 깜깜 지옥이 될 것이고, 효식 오빠는 밤에 공부도 하지 못할 것이다.

종희는 고급중학교에 들어가서 후보 선수로 선배들 뒷바라지나 심부름을 하게 된다. 농구부 코치는 전영모라는 선생이다. 부부 사이가 안 좋아 별거로 들어가 학교 근처 적산가옥 사택에서 혼자 살고 있다. 종희는 코치 선생 자취방에 김치 같은 것을 들고 가기도 하고 빨래도 간혹 해준다. 부인이 없으니 밥도 제대로 못 먹고 말라가는 코치 선생이 안쓰럽기도 하다.

코치 선생은 노동당에 충성하는 척하지만 종희가 볼 때는 생존을 위한 몸부림에 불과한 듯이 여겨진다. 종희가 대담하게도,

「전 이남으로 가고 싶어요」

라고 말하면 코치 선생은 황급히 주변을 살핀 후,

「실력 있는 선생들은 다 이남으로 내려가버렸어」

가만히 한숨을 내쉰다.

「그럼 실력 없는 선생님들만 이북에 남았단 말이에요?」

종희의 반문에 코치 선생은 깜짝 놀라며 그런 뜻이 아니라고 발뺌을 한다. 종희는 코치 선생과 공범 의식을 가지게 된 느낌이다.

자취방에 뭔가 들고 놀러가면 코치 선생은 감사의 표시로 종희 머리를 슬쩍 손으로 쓰다듬어 주기도 한다. 종희는 그 손길에서 남자의 고독을 느낀다.

농구부원들이 원산 송도원 바닷가에서 여름 합숙 훈련을 한다. 밤이 깊도록 모닥불을 피워놓고 둘러앉아 노래를 부르기도 한다. 모닥불 불빛에 언뜻언뜻 비치는 코치 선생의 얼굴에는 밤바다 같은 쓸쓸함이 배어 있다.

타닥타닥 타닥닥.

종희 가슴에도 모닥불 타는 소리가 난다.

한번은 체육관 실내에서 패스 연습을 하는데 종희가 잠시 다른 아이를 돌아보며 한눈을 판다. 그러자 코치 선생이 일부러 종희를 향하여 공을 힘껏 던진다. 종희는 공을 받지도 피하지도 못하고 그냥 면상에 얻어맞고 만다. 입술이 터져 피가 흐른다. 종희는 코치 선생이 자기를 그렇게 대한 사실이 섭섭하고 부아가 난다.

코치 선생은 순간적으로 당황해하며 종희에게 다가오려 한다. 그때 종희가 공을 잡아 코치 선생에게 패스하는 척하며 온힘을 다해 던진다.

뻥, 코치 선생은 명치를 얻어맞고, 억, 하며 앞으로 고꾸라진다. 좋아하는 감정과 미워하는 감정은 원래 농구공처럼 하나로 동글려 있는 모양이다.

학교에서는 시험을 카드로 본다. 선생은 시험 범위에서 세 가지 문제를 내어 카드 석 장에 하나씩 적는다. 카드를 엎어 문제가 보이지 않도록 한다. 학생은 책상 위에 놓인 카드들 중에서 하나를 골라 그 문제를 쪽지에다 풀어 제출한다. 각자 어떤 문제가 걸릴지 모르므로 컨닝할 생각은 접어두어야 하고 시험 범위 전체를 꼼꼼히 훑어야 한다. 점수는 3점, 4점, 5점 이런 식으로 매긴다.

교과 과목은 물리, 화학, 생물, 인민, 국어, 영어, 노어, 수학, 삼각기하, 평면기하, 입체기하 등이다. 입체기하 선생이 김일성 대학 출신으로 스물세 살 총각인데 종희

를 은근히 좋아한다. 종희는 입체 선생의 눈길을 받을 적
마다 느끼한 기분이 든다. 입체 선생은 종희에 비해 키도
작고 꾀죄죄해 보인다. 무엇보다 김일성 대학 출신이라는
게 싫다.

운동장에서 농구부원들이 선생들과 둥그렇게 둘러서서
배구를 할 때도 입체 선생은 의식적으로 종희 쪽으로 공을
자주 보내는데 종희는 헛손질을 하는 척하며 공을 받지 않
는다.

입체 선생이 종희 성적 평균을 잘못 낸다. 평균이 4점이
어야 하는데 3점으로 되어 있다. 평균 1점 차는 진급을 좌
우할 만큼 큰 것이다. 종희가 화가 나서 교무실로 입체 선
생을 찾아간다. 입체 선생 옆자리는 삼각 선생이다. 경상
도 여자인 삼각 선생은 머리카락이 갈지개 깃털 색으로 참
예쁘다. 같은 여자가 봐도 질투가 날 정도이다.

「종희가 웬일이야?」

입체 선생이 반색을 한다.

「평균이 잘못 나왔는데요. 5점에다 3점을 합해 둘로 나
누면 4점이잖아요?」

종희가 샐쭉한 얼굴로 따지고 든다.

「그렇지. 근데 내가 몇 점으로 처리했지?」

「3점요. 어떻게 기하를 가르치는 선생님이 계산도 할 줄
모르세요?」

그러자 삼각 선생이 눈을 삼각으로 뜨고 종희를 나무란다.

「학생이 선생님에게 무슨 말버릇이야? 왜 선생님을 못살게 굴어?」

종희가 삼각 선생을 한번 째려보고 홱 몸을 돌려 교무실을 나온다. 입체 선생이 허겁지겁 종희를 따라 나온다.

「종희야, 내가 잘못 했어」

「무얼 잘못 하셨는데요?」

입체 선생의 어투가 이상해서 종희가 반문한다.

「나도 4점인 줄은 알고 있었어. 3점으로 해놓으면 네가 나를 찾아올 거라 생각했지. 그러면 말동무도 할 수 있을 것 같아서」

종희는 온몸에 두드러기가 나는 기분이다. 학교 민청에 고발해 버릴까.

교장 선생 별명은 〈백돼지〉다. 얼굴이 너무 희어서 아이들이 그렇게 부르는데 얼굴은 그래도 속은 시뻘겋다.

교장이 조회시간에 훈시를 한다.

「세일러복을 입고 다니는 학생은 부르주아 사상이 농후하다고 볼 수밖에 없어요. 내일부터 모두 광목으로 교복을 바꾸도록 하시오」

「항의 있습니다」

상급생 하나가 용기있게 손을 든다.

「말해 보시오」

「저는 집이 가난하여 언니들이 계속 물려줘서 이 세일러복을 입고 다니는데요, 광목 살 돈이 없습니다. 광목 살 돈을 주시면 사 입지요」

학생들이 발을 구르며, 까르르, 웃음보를 터뜨리고 교장 얼굴은 붉으락푸르락한다. 운동장은 신발들이 일으키는 먼지로 부예진다.

학생들은 대부분 까만 고무신을 신고 다닌다. 여학생들은 까만 고무신을 구두약으로 광을 내고 다니지만 남학생들은 별로 신경을 쓰지 않는다. 운동화를 신고 다니는 학생은 한 반에 대여섯 명밖에 없고 구두를 신고 다니는 학생은 한둘 있을까 말까 한다. 종희는 운동화를 신고 다닌다.

학교에서 사상이 의심스럽다고 여겨지는 아이는 민청 간부 학생들이 으슥한 곳으로 데리고 가서 취조를 한다.

「우리 까놓고 이야기하자. 너, 사과냐? 토마토냐?」

사과는 겉이 붉지만 속은 희니까 아무리 붉은 체해도 역시 이남 편이고, 토마토는 겉과 속이 다 붉으니 이북 편이라는 것이다.

「사과 껍질 확 벗겨봐?」

그들은 옷을 벗기려고 위협을 하기도 한다. 이런 상황에서 사과라고 대답할 아이는 없다.

토마토라고 완강히 주장을 해도 한번 의심을 받은 아이는 좀체 풀려나지 못한다. 간부들이 그 아이를 송도원까지 끌고가 바닷물 속에 머리채를 잡아 처넣는다.

「너 사과짓 할래? 토마토 할래?」

「어푸, 어푸, 토, 토마토 할게」

「이 말 터지면 죽어. 알았어?」

「어푸, 어푸, 무슨 말?」

「우리가 널 이렇게 했다고 어디 가서 입을 나불거리면 그땐 쥐도 새도 모르게 수장당할 줄 알어. 알았어?」

「어푸, 어푸, 알았어. 제발, 살려줘. 나 토마토야」

종희 친구 중에 왈순이라는 아이는 민청 간부들에게 끌려갔다가 머리가 돌아버린다. 반편이가 되어 히죽히죽 웃으며 침을 질질 흘리고 다닌다. 짓궂은 아이들이 노래를 부르라고 시키면 창가에 서서 〈학도가〉 같은 것을 부른다.

그러다가 행방불명이 되었는데 나중에 바닷가에 떠밀려온 왈순이 시체를 어부들이 발견한다.

종희는 아버지 심부름으로 페니실린과 마이신을 교장한테 몰래 갖다준다. 이남에서 밀수입해 온 그 만병통치약만 있으면 아무리 〈토마토〉 선생이라도 넘어가게 마련이다. 그 약은 동업자들과 함께 약국을 개업한 과수원 큰집 큰오빠가 가져다준 것이다. 원산 본동에 위치한 그 〈강원약국〉은 큰길 쪽으로는 양약방을 하고 뒷길 쪽으로는 한약방을 하여 돈을 많이 번다. 약국 사람들은 속초 등지로 인삼, 녹용을 가지고 가 이남 밀수선이 싣고 오는 약들과 바꾼다고 한다.

종희한테서 만병통치약을 받은 교장은 종희 사상 문제에 대해서는 아무도 건드리지 않도록 배려해 준다. 게다가 종희는 코치 선생에게도 종종 페니실린과 마이신을 가져다 주니 보호벽을 이중으로 치는 셈이다.

학교에서는 민청 카드가 학생증이다. 학생들은 민청회의에 참석하여 강습도 듣고 시험도 봐야 한다. 종희는 농구부원이라 민청 강습을 들은 적이 거의 없어 시험 때는 〈사과〉 옆에 앉아 컨닝을 한다. 〈사과〉들은 〈사과〉를 알아보는 법이다.

〈사과〉들은 책과 도시락을 싸 가지고 다니는 보자기가 다르다. 빨강과 까망이 섞인 체크 무늬 천에다 가죽을 빙둘러 홀쳐박아 튼튼하게 만든 보자기이다. 종희는 친구랑 산제리(山祭里) 시장에서 천을 떠서 가방집에 부탁하여 그 보자기를 만들고는 얼마나 신이 났던지. 마침 몸이 아프다는 핑계로 조퇴를 한 날이라, 둘은 그 보자기를 가방처럼 메고 콧노래를 흥얼거리며 명사십리 해당화 구경을 간다.

고급중학교 3학년 1학기 말 시험을 치기 위해 학생들이 교실로 모여든다. 밤샘을 한 아이들 눈은 벌겋게 충혈되어 있다. 종희도 벼락치기 공부를 하느라 밤을 새우다시피 하고 나오는 길이다.

시험 시간이 다 되었는데도 감독 선생이 들어오지 않는다. 아이들이 여기저기서 수군거린다.

「왜 이리 늦는 거야? 교무실로 내려가볼까」

「삼팔선 근방에서 무슨 일이 났다던데」

「야, 온다, 와」

선생이 들어오자 아이들은 자세를 바로하며 조용해진다. 선생이 교탁으로 올라서더니 무거운 얼굴로 입을 연다.

「어제 새벽에 이남에서 이승만 괴뢰도당들이 쳐들어와 우리 군대가 남한으로 진격을 개시했다」

「어어」

아이들의 표정이 어리벙벙해진다.

미국 비행기가 또 원산을 폭격한다. 해방 전에도 그랬는데 이번에도 석유회사를 노린다. 석유회사에 포탄이 떨어지니 원산이 모두 불바다가 된 것 같다.

종희는 학교로 집합하라는 전갈을 받고 후배들과 함께 학교로 가다가 폭격을 만난다. 미국 비행기는 인민군복을 입은 사람들만 보았다 하면 끝까지 따라가 드르륵드르륵, 기총 사격을 해댄다.

종희는 감자전 가게 맞은편 수수밭으로 뛰어들어 엎드린다. 후배 하나도 종희 옆에 바짝 붙어 엎드린다. 수수밭 바로 저쪽에는 철길이 뻗어 있다.

후배가 종희에게 묻는다.

「언니, 저기로 기차가 지나가면 폭격을 하겠지? 기차를 폭격하면 우린 영락없이 죽겠지?」

「기차는 화물차 아니면 민간인 열차일 텐데 폭격을 할라구」

종희는 그렇게 말하지만 철길로 기차가 지나가면 큰일이라는 생각을 한다. 군용열차로 오인을 하고 폭격을 할 수도 있지 않은가. 아니, 정말 군용열차가 지나갈 수도 있지 않은가. 제발 열차가 지나가지 않기만을 바란다.

그때 인민군 하나가 수수밭을 기어온다.

「백넘버 7번이죠?」

종희가 깜짝 놀라 그 인민군을 돌아본다. 잘 모르는 얼굴이다.

「그건 초급중학교 때 백넘버인데. 어떻게 나를?」

「초급중학교 때부터 유명했잖아요. 도 대표 수영선수 이찬희 아시죠?」

종희가 잠시 기억을 더듬다가 고개를 끄덕인다.

「그 친구가 같은 반 동기라구요. 찬희 만나거든 최준수가 인민군 입대해서 잘 싸우고 있다고 전해줘요. 최준수」

인민군은 자기 이름을 한번 더 대고 저쪽으로 다시 기어간다. 그쪽에 인민군 서너 명이 더 있다.

「자, 빨리 철길을 넘자구」

인민군 한 명이 재촉을 한다. 인민군들이 철길을 넘어 옥수수밭 쪽으로 간다. 그런데 최준수라는 그 인민군이 다시 종희 있는 데로 황급히 다가와 작은 목소리로 속삭인다.

「나를 좀 숨겨 주세요. 지금 가면 나 죽을 것 같아요」

「숨겨줄 데가 어디 있어요? 우리도 이러고 있잖아요. 그리고 감시병들도 있는데」

종희의 말에 그 인민군은 체념한 듯 중얼거린다.

「아무쪼록 몸조심 잘 하고, 찬호에게 준수가 용감하게 싸웠다고 전해줘요」

그러고는 풀이 죽은 모습으로 앞서 간 인민군들을 따라가며 자꾸 뒤돌아본다. 종희는 그 인민군이 자기에게 유언을 남긴 것을 알아차린다. 하지만 이 마당에 이찬호를 어디서 찾을 수 있단 말인가.

학교에 가니 군인 트럭들이 운동장에 들어와 있고, 여자 인민군 장교가 아이들에게 붕대 감는 법 같은 구급법을 가르쳐주고 있다.

「지금 우리 인민군은 미제국주의 주구 이승만 매국 도당을 타도하여 남조선 인민을 해방시키는 성스러운 전투를 벌이고 있다. 이 전투에서 부상당한 우리 인민군 병사를 치료할 간호원들이 절실히 필요하다」

인민군 장교의 열변에 학생들 마음이 움직이는지 하나둘 트럭에 올라탄다. 눈치를 보다가 친구를 따라가는 아이들도 있다. 농구부원으로 종희와 같이 포드를 맡았던 영숙이라는 아이도 트럭에 오른다. 종희는 누구보다 영숙이 전선으로 떠나가는 것이 마음 아프다. 그렇게 열심히 농구 훈련을 하던 영숙이 결국 전쟁을 위해 체력을 단련해 왔단 말인가.

「종희야, 큰집 한번 다녀오너라」

종희 아버지는 피난을 떠날 결심을 하고 종희더러 큰집 분위기를 살펴보고 오라고 한다. 종희네 진짜 큰집은 첫째 아들이 인민위원회 간부로 민청 완장을 차고 설치는 바람에 종희네와 좀 소원해진 편이다.

종희가 큰집 마당으로 들어서니 둘째 사촌오빠가 대청 분합문 문턱에 걸터앉아 실타래가 엉켰는지 그걸 풀려고 애를 쓰고 있다. 지금은 평양에 가 있다는 큰사촌오빠는 보이지 않고 그 막내아들이 마루에 엎드려 장난을 치고 있다. 큰아버지도 사촌올케도 어디로 갔는지 보이지 않는다.

「오빠, 공습이 심한데 피난 안 가요?」

「좋은 세상 왔는데 피난은 왜 가? 피난 가지 마, 알았지?」

둘째 사촌오빠가 시무룩한 표정으로 실타래를 다시 들여다본다. 종희는 엉킨 실타래보다 더 착잡한 마음으로 돌아온다.

종희네는 과수원 큰집 식구들과 피난을 떠난다.

종희 작은올케는 만삭으로 배가 부른데 네 살, 두 살짜리 아이들까지 있다. 종희 작은오빠는 의용군에 끌려가지 않으려고 몸을 숨긴 지 한 달이 넘는다.

작은올케가 막내는 업고 큰애는 걸려서 간다. 큰애 허리춤과 작은올케 허리춤이 끈으로 연결되어 있다. 큰애가 걷는 것이 힘들어 칭얼거리면 안 그래도 몸이 무거운 올케가 숨이 턱에 닿는다. 올케가 큰애를 두들겨패면 과수원 큰집 할머니가 그 애를 업어주기도 한다.

종희는 다른 물건들보다 책들을 주로 챙겨서 가지고 간다. 효식 오빠가 읽으라고 숙제를 내주고 간 문학전집도 산제리 가방집에서 만든 그 보자기에 싸 간다.

「무슨 책을 이리 많이 가져가세요?」

작은올케는 자기 물건만 챙겨 가는 종희가 못마땅하다. 책 대신에 조카애라도 하나 업으면 좋으련만.

종희네는 깊은 산골을 지나 상여집이 있는 언덕을 넘고 또 산을 넘어 원산에서 30리쯤 떨어진 시골로 들어간다. 함흥 가는 길과 평양 가는 길이 갈라지는 그 지역에는 민가가 다섯 채밖에 없다. 민가 방을 몇 개 빌려 그리로 들어간다. 식구들이 많아 봉당에서도 잠을 잔다. 안방과 건넌방 사이에 마루를 놓지 않고 흙바닥 그대로 둔 것을 봉당이라고 한다. 평소에는 봉당에다가 신발을 벗어두고 안방, 건넌방 출입을 한다.

봉당 바닥에 곡식 말리는 두꺼운 멍석을 깔고 그 위에

모본단(模本緞) 이불을 깐다. 모본단은 올이 섬세하고 부드러워 윤이 나고 무늬가 아름다운 비단이다. 집에서도 아끼는 그 이불을 봉당 멍석 위에 까니 영 어울리지 않는다. 나중에는 이불 밑이 거친 멍석에 쓸려 보풀이 일어나고 헤진다.

종희네가 피난 온 데서 십리쯤 떨어진 곳에 이전 소작인 하나가 살고 있는데, 종희네 소식을 듣고 자루에 햇옥수수를 가득 넣어서 가지고 온다.

「이놈아, 추수한 곡식은 왜 가져오지 않느냐?」

정신이 온전치 못한 종희 아버지가 시대 변한 줄 모르고 또 헛소리를 한다. 이전 소작인은 종희 아버지 상태를 아는지라

「네. 곧 가져옵죠」

맞장구를 쳐준다.

피난 온 지 한 달 가량 지난 후에 종희 작은올케가 해산을 한다. 식구가 하나 더 늘어난 셈이 되어 한층 어수선해진다. 갓난아기는 밤낮으로 울어댄다.

「죽어도 집에 가서 죽을란다」

종희 아버지와 어머니는 다른 식구들은 남겨두고 둘만 다시 원산 집으로 돌아간다.

「엄마, 떡 먹고 싶다. 떡, 떡, 응?」

작은오빠네 큰애가 엄마 치마를 잡아당기며 칭얼댄다.

큰오빠네 두 아들은 일곱 살, 아홉 살로 나이값을 한다고
그런지 제법 의연하다.
「이 난리통에 떡은 무슨 떡. 이놈아, 여기 채강냉이나
먹어」
아무리 달래도 소용이 없다. 작은오빠네 식모로 일하는
순덕이라는 아이가 나선다.
「도련님, 제가 떡을 만들어 올게요」
「아니, 네가 어떻게 떡을?」
「원산에 가서 만들어 올 테니 두고 보세요」
「의용군으로 끌려가면 어떡하려고? 요즈음은 아무나 길
에서도 잡아간다는데」
「난 열세 살밖에 안 돼 데려가지 않아요. 안심하세요」
그 길로 순덕이 원산으로 달려가 종희 어머니에게 떡을
만들어달라고 한다. 종희 어머니는 어린 손자가 떡이 먹고
싶어 울고 있다는데 가만있을 수 없다. 당장 광으로 달려
가 마지막 남은 가마니에서 쌀 서 말을 퍼온다. 원래는 세
가마니가 있었는데, 두 가마니는 장마가 져서 물에 젖는
바람에 가난한 이웃 사람들에게 나눠준 것이다.
종희 어머니는 순덕이랑 절구에 떡을 넣고 떡메로 내리
친다.
에에에엥 에에엥 에엥.
공습경보가 울린다. 그래도 떡메질은 계속된다. 인민군

장교가 마당으로 들어서며 의아해한다.

「쌕쌕이가 떴는데 떡을 만져요? 빨리 피하세요」

「다 늙은 것, 죽으라면 죽지 뭐. 우리 아들도 어디로 갔는지 행방불명이 되었는데. 의용군에 들어갔으면 다행이고」

인민군이 아들 소재를 물을까 싶어 슬쩍 선수를 친다.

「의용군으로는 안 들어갔을 걸요」

인민군도 눈치를 채고 말을 비튼다.

「공습 피했다가 떡이나 먹고 가요」

종희 어머니는 짐짓 여유를 부린다.

종희 어머니와 순덕은 떡판에 떡뭉치를 올려놓고 두께를 맞추어가며 실로 지그시 눌러 하나하나 끊어낸다. 한약방에서 사온 노르스름한 기름 덩이를 조금씩 녹여 절편에 묻힌다. 그렇게 해놓아야 떡이 쉽게 굳지 않고 서로 붙지도 않는다. 그런 절편들은 겨울에 광에다 놔두면 차돌처럼 꽝꽝 얼어붙는다. 그걸 가마솥 뒤에 얼마간 두면 물렁물렁해지는데, 그때 석쇠 위에 놓고 구우면 노릇노릇 맛있는 절편으로 다시 돌아온다. 찹쌀 인절미인 경우는 푹, 하고 구멍이 뚫리기도 한다.

종희 어머니와 순덕은 떡을 이고 오다가 인민군 트럭을 만나 얻어탄다. 종희 어머니는 인민군들이 아들들 같다면서 떡을 듬뿍듬뿍 나눠준다. 인민군들은 떡을 오랜만에 보는지 게걸스럽게 먹어치운다. 피난 집으로 가지고 온 떡은 고작 한 말도 되지 않는다.

종희 콧잔등에 종기가 나더니 약을 발라도 마이신을 먹어도 잘 낫지 않는다. 코가 퉁퉁 붓기만 한다. 코가 아플 뿐만 아니라 머리까지 땅기고 욱신거린다. 종희네에게 방을 빌려준 아줌마가 종희에게 콩을 깨물어보라고 한다.

「비린내가 나?」

생콩을 씹으면 비린내가 나는 것이야 당연하다. 종희가 고개를 끄덕인다.

「그 병은 아니구면」

아줌마는 그렇게만 말하고 〈그 병〉이라는 것에 대해 더 이상 설명을 해주지 않는다. 문둥병이나 매독 같은 몹시 나쁜 병을 두고 하는 말인 듯하다. 〈그 병〉에 걸리면 생콩을 씹어도 비린내가 나지 않는 모양이다.

「돼지고기 삶아 먹고 돼지기름 바르면 나을 병이야」

아줌마가 무슨 무당처럼 처방을 내려준다. 아줌마는 딸아이 하나를 데리고 사는데 그 딸도 자기 딸이 아니라 머슴 딸을 자식으로 삼아 키우고 있다고 한다. 아줌마도 쌀이 별로 없는지 밀과 옥수수를 맷돌에 갈아 쌀 조금하고 끓여 먹는다. 쌀물이 부르르 끓을 때 밀과 옥수수 가루를 그 위에 뿌려넣는 식이다.

아직 돼지고기를 삶아 먹지 못하여 콧잔등이 여전히 잔뜩 화가 나 있을 때, 어떻게 알았는지 물리 선생이 종희를 만나러 온다. 의용군에 지원하라고 권유하러 온 것이다. 선생들마다 몇 명씩 의용군 지원 학생을 뽑아오라고 배당을 받은 모양이다. 코가 남산만해져 있는 종희 얼굴을 보더니 물리 선생은 혀를 차기만 하다가 그냥 돌아간다.

종희는 돼지고기를 구해 삶아 먹고 돼지기름을 콧잔등에 발라 다소 차도가 있게 된다. 하지만 다 낫는 것도 고민이다. 언제 다시 학교 선생들이 올지 모른다. 종희 오빠들은 다른 곳에 움막을 치고 기거하며 밤중에만 이곳으로 오간다.

원산 사람들은 생선 반찬 없이는 밥을 잘 못 먹는다. 함포 사격이 끊이지 않는 바다에서는 더 이상 고기를 잡을 수 없다. 비늘 구름의 징조를 풀이하던 옥숙이 아버지도 고등어를 잡지 못할 것이다. 원산 사람들은 생선을 반으로 뚝 잘라 굵은 소금을 쳐서 장독에 담가뒀다가 수시로 구워도 먹고 소금을 약간 씻어내고는 갖은 고명에 풋고추를 살짝 얹어 졸여 먹기도 한다.

그런 맛깔스런 생선이 없으니 밥맛이 모래맛이다.

「고모, 고모, 내가 생선 가져올게」

순덕이 또 나선다.

「이번에도 원산 집 가서 가져오려고 그러지? 가져오다가 인민군 트럭 타고 인민군들에게 생선 다 나눠주고, 그렇지?」

종희가 은근히 순덕을 놀린다.

「고모, 그때도 내가 나눠줬나? 마나님이 인민군들 불쌍하다고 떡 다 나눠줬지」

순덕이 혼자서 생선을 가지러 30리 길을 걸어간다. 이틀 후에 순덕이 고등어가 몇 마리 든 대야를 머리에 이고 피난 집 마당을 들어선다. 고등어 이고 오면서 얼마나 뙤약볕에 탔던지 원래 하얀 순덕이 얼굴이 홍시같이 새빨갛다. 주인 아줌마에게 한 마리 주고, 고등어를 아껴가며 구워 먹고 지져 먹는다. 고등어가 이렇게 꿀맛일 줄이야.

물리 선생이 다시 산골짜기를 찾아온다. 현숙이라는 종희 일년 후배 아이도 그 산골짜기에 피난 와 있었는데, 물리 선생이 그 아이를 데리고 가면서 종희한테도 와본다. 종희 코가 거의 나은 것을 보고는 슬슬 구슬린다.

「너, 대학 가고 싶지 않아? 인민군 갔다와야 대학 갈 원서를 받을 수 있어. 인민군 가서 총 쏘고 전투하는 것도 아니고, 간호원으로 노력 봉사하다가 오면 되는 건데」

물리 선생은 지금 종희의 동의를 구하는 것이 아니라 억지로라도 붙들어 가겠다고 엄포를 놓고 있는 것이다. 그걸 눈치 못 챌 종희가 아니다. 종희는 후배 아이 앞에서 발뺌을 하고 싶지도 않다.

종희가 후배 아이와 함께 물리 선생을 따라 나선다. 상여집을 지날 무렵, 종희는 다시는 돌아오지 못할 길을 가고 있다는 생각에 더럭 겁이 닌다.

「선생님, 오빠들에게 인사도 하지 않고 왔어요. 잠시 인사만 하고 올게요」

「오빠들도 여기 와 있나?」

물리 선생이 고개를 갸우뚱한다.

「참, 오빠가 아니라 올케들한테요. 오빠 식구들 말이에요」

종희가 얼른 말을 둘러댄다.

「그럼 우리 여기서 쉬고 있을 테니까 빨리 갔다 와. 설마 도망가려는 건 아니겠지. 하긴 이 산골짜기에서 어딜 도망가겠어. 독 안에 든 쥐지」

종희는 달음박질을 하여 집 뒤 오빠들 움막으로 다가간다. 작은오빠는 보이지 않고, 큰오빠만 움막 속에 웅크리고 앉아 직직거리는 트랜지스터를 만지고 있다. 종희가 자초지종을 말하니 큰오빠는 대뜸,

「도망올 자신 있으면 가라」

애매한 말을 뱉는다. 일단 갔다가 도망오라는 말을 그렇게 하는 모양이다.

「다녀올게요」

종희는 오빠에게 눈물을 보이지 않으려고 꾸벅 인사를 하면서 몸을 돌려 달려내려온다. 어쩌면 다시는 오빠를 못 보게 될지도 모른다.

종희는 밤중에 트럭에 실려 집합소인 어느 학교 운동장으로 간다. 집합소에는 종희 반 아이가 하나 있고 다른 반

인 곱슬머리 조용숙도 있고 다른 학교 아이들도 있다. 인
민군 장교들이 디귿자 형태로 앉아 있고, 그 앞에 스무 명
가량 되는 아이들을 일렬로 죽 세운다. 장교 하나가 다가
와서 아이들 한 사람 한 사람에게 묻는다.

「인민군 가겠느냐? 큰 소리로 대답해. 너, 너, 너……」

아이들의 대답 소리가 연이어 들린다.

「가겠습니다」

「못 가겠습니다」

「안 가겠습니다」

「가겠습니다」

「가겠습니다」

종희는 순간적으로, 〈안 가겠습니다〉가 아니라 〈못 가겠
습니다〉로 대답해야겠다고 마음먹는다.

「못 가겠습니다」

아이들의 대답을 다 듣고 난 장교는 이번에는 〈가겠습니
다〉로 대답한 아이와 〈안 가겠습니다〉로 대답한 아이, 〈못
가겠습니다〉로 대답한 아이 들을 각각 따로 분류하여 세운
다. 〈안 가겠습니다〉는 서너 명이고, 〈가겠습니다〉는 열
명, 〈못 가겠습니다〉는 대여섯 명 된다.

「안 가겠다고 한 학생들은 반동이야. 못 가겠다고 하는
학생들은 이유가 있다는 것이니 그 이유를 대어봐」

종희는 자기 차례가 되어 이유를 댄다.

「저는 국민학교 때부터 폐병을 앓았습니다」

기운이 없는 자세로 일부러 마른 기침까지 토해낸다.

「폐병은 고얀 병이야. 네 말 믿어도 되겠나?」

「네」

「그럼 믿고 보낸다」

종희와 함께 붙들려 온 현숙도 못 가는 이유를 댄다.

「저는 병든 홀어머니를 모시고 있습니다. 이 세상에 어머니와 나, 단둘밖에 없습니다. 제가 인민군에 가면 어머니를 간호할 사람이 없습니다」

현숙은 거의 울먹이기까지 한다. 현숙이 어머니가 몸이 편찮다는 것은 거짓말이 아니다. 하지만 모녀 단둘이 산다는 것은 거짓말이다. 현숙의 연기에 장교가 속아넘어간다. 아니, 속아넘어가는 척한다.

「인민군에 기꺼이 지원한 학생들은 벗짚신 두 개, 쌀 한 말을 가지고 내일 정오에 이 장소로 집합한다. 알았나?」

장교는 지원 학생들과 못 가겠다고 한 학생들을 일단 집으로 돌려보낸다. 안 가겠다고 한 아이들은 남아 있도록 한다. 그 아이들은 그날 밤에 총살을 당한다. 인천 상륙작전이 개시된 그즈음, 인민군 사정이 그만큼 다급해진 것이다. 〈안〉과 〈못〉의 한 글자 차이가 생사를 갈라놓은 셈이다.

종희는 현숙이와 캄캄 밤중에 집으로 돌아온다. 어디가 논이고 어디가 길인지 분간이 잘 되지 않는다. 한참을 걸어 산길로 접어든다. 난데없이 늑대 한 마리가 나타난다. 송아지만한 게 두 눈이 야광을 받아 번뜩인다.

종희와 현숙은 몸이 얼어붙는다. 종희들이 조심조심 한 걸음 한 걸음 걸으면 늑대도 한 걸음 한 걸음 걸어온다. 종희들이 냅다 뛰면 늑대도 뛰어온다. 현숙은 고무신을 신고 있어 빨리 뛸 수가 없다.

「언니, 나 고무신 들고 뛸 테니까 언니는 내 손 꼭 붙잡고 놓지 마. 으응?」

현숙이 훌쩍이며 운다. 운동화를 신은 종희가 현숙이 손을 꼭 붙잡고 현숙을 잡아끌다시피 하며 달린다. 현숙은 다른 한 손으로는 고무신 두 짝을 틀어쥐고 종희와 보조를 맞추려 애쓴다. 늑대가 따라오는지 어떤지 뒤돌아볼 여유조차 없다.

과수원 숲이 어둠 속에서 저기 보인다. 과수원만 지나면 민가가 나타나므로 조금 안심을 할 수 있다. 민가 모깃불 연기가 과수원 숲 너머로 어른거리는 것도 같다.

종희와 현숙이 과수원 가까이 왔을 때 벌건 불빛이 과수원 속에서 불쑥 튀어나온다.

「아이구머니나」

이번에는 호랑이가 나타났나 싶다.

「현숙아, 살았구나!」

벌건 불빛은 호랑이 두 눈이 아니라 현숙이 아버지가 손에 들고 있는 관솔불빛이다.

「아버지!」

현숙이 아버지 품으로 뛰어든다. 그 순간, 종희가 뒤를 돌아다보니 뭔가 홱 어둠 속으로 도망을 가는 게 느껴진다. 늑대가 여기까지 따라왔다가 관솔불빛을 보고 도망을 친 모양이다.

현숙이 자기 아버지를 따라가면 종희는 혼자 상여집을 지나야 한다. 이 시간에 상여집을 지날 것을 생각만 해도 등골이 오싹해진다.

「언니, 우리 집으로 가. 내일 새벽이나 아침에 집에 가면 되잖아」

현숙이 그렇게 고마울 수가 없다. 현숙이 집은 그야말로 땅굴이다. 거기에 기둥도 서 있고 구들도 놓여 있고 30촉 짜리 전등불도 들어와 있다. 밥 지을 때 연기가 빠져나가는 통로까지 잘 뚫려 있다. 이런 땅굴식 집들이 이 산 저 산 수도 없이 많다고 한다. 인민군들도 이렇게 땅굴을 파니 성한 산이 별로 없다.

종희와 현숙은 물부터 찾아 마신다. 현숙이 어머니는 자리에 누워 눈시울만 축축이 적신다.

종희가 현숙이랑 뜬눈으로 밤을 새우다시피 하고 아침에 집으로 돌아온다. 종희 큰오빠는 두 손을 비비며 마당을 왔다갔다하다가 종희를 보고는 덥석 껴안는다.

「도망온 거야? 그냥 보내준 거야?」

「보내준 거예요」

「그래도 또 피난 가야겠다. 산을 하나 더 넘어 아주 깊숙한 곳으로 가서 숨어 있자」

종희는 수건으로 머리를 둘러 나이 든 아줌마로 변장을 하고는 큰올케를 도와 밥을 짓는다. 작은올케는 갓난아이에 매여 아무 일도 할 수 없다.

저녁을 일찍 해먹고 밥상을 치우려는데 인민군 한 떼가 황급히 마을을 지나간다.

주인 아줌마가 인민군 한 명에게 바가지로 물을 떠주며 묻는다.

「어딜 가는 거요?」

「후퇴하는 중입니다」

후퇴라. 종희는 더 이상 피난을 갈 필요가 없다는 것을 예감한다.

종희와 큰오빠는 새벽에 피난 집을 떠나 원산 집으로 와 본다.

종희 어머니가 종희 남매를 구석방으로 데리고 가 목소리를 죽여 속삭인다.

「광식이가 바로 요 뒷산에서 땅굴을 파고 있어」

광식은 과수원 큰집 할머니 외손자로 서울서 고등학교 다니다가 길거리서 의용군에 끌려갔다는 아이이다.

「근데 인민군들이 후퇴할 때 광식이 같은 애들은 총살을 시키지 않을까. 이남에서 잡아왔으니까 믿을 수 없다 이거지. 그러니 그 애 **빼**오자고」

「**빼**오다니요?」

「광식이가 밤 12시 넘으면 화장실 간다 하고 몰래 내려와서 요기를 하고 가거든. 그때 광식이를 숨기자구. 그놈들이 후퇴할 때까지만 숨기면 되는 거잖아. 볏가리가 좋겠지」

그날 밤 12시가 넘어 광식이 내려오자 종희 식구들이 그를 논바닥 볏가리 속에다 숨겨둔다. 종희 큰오빠도 만일을 대비하여 그 속으로 들어간다.

아니나다를까 아침이 되자 뒷산에서 인민군들이 무더기로 내려와 집을 뒤진다.

「이노무 간나새끼 탈영했어. 부르주아 반동새끼」

장교가 총부리를 종희 어머니 명치에 갖다대고 다그친다.

「이놈 어디다 숨겼어? 응? 친척간이라는 거 다 알아」

「나는 모른다. 아들을 낳아도 아들 속을 모르는 법. 먼 친척놈 속까지 어떻게 알겠는가. 제가 좋은 길로 간 것을 난들 어찌하란 말인가」

장교가 종희 어머니의 의연한 태도에 슬그머니 총을 거둔다.

「할머니 동무 말이 맞소」

종희 어머니를 할머니 동무라 부르는 것이 우스워, 종희
는 속으로 고소를 삼킨다.

인민군들이 여기저기 더 뒤져보다가 다시 뒷산으로 올라
간다.

점심시간이 되어 종희 어머니는 김치 무를 썰고 참기름
을 치고 깨소금을 묻히고 하여 주먹밥을 만든다. 종희가
교복을 단정히 입고 그 주름치마 속에 주먹밥을 감춰 들고
논으로 나간다. 오빠들이 숨어 있는 볏가리로 슬그머니 다
가가 재빨리 주먹밥을 밀어넣는다.

인민군들은 그날 밤으로 뒷산 땅굴 파는 것도 중단하고
부랴부랴 후퇴한다.

국군이 원산으로 들어온다.

종희네는 피난 집에서 원산 집으로 옮기고 종희는 학교
로 가본다. 선생들은 거의 보이지 않고 학생들만 모여 웅
성거린다. 누가 인민군에게 붙들려가고, 누가 총살당하
고, 누가 인민군을 따라 후퇴하고, 누가 피난해 가고……
소문이 무성하다. 물리 선생은 인민군을 따라갔다고 하
고, 종희를 은근히 좋아했던 입체기하 선생은 인민군으로
갔다가 탈영하는 바람에 총살을 당했다 하고, 국어, 대
수, 화학, 노어 선생들은 피난을 갔다고 하고, 얼굴이 무
척 예뻤던 그 삼각기하 선생은 인민군 장교와 약혼을 했다
고 한다. 농구 코치인 전영모 선생은 어떻게 되었는지 아

무도 모른다. 학생들 중에도 총살당했다는 아이들도 있고, 아예 이남으로 피난을 갔다는 아이들도 있다.

종희 담임인 역사 선생을 비롯하여 몇몇 선생들이 모습을 나타내고 엉성하게나마 다시 반들이 짜여 수업을 하게 된다. 역사 선생은 폐병쟁이라는 말이 있어 아이들이 〈구로〉 선생이라고 부른다. 〈구로하이〉를 줄인 말로 검은 폐라는 뜻이다.

「나폴레옹도 결국 외딴 섬에서 고독하게 죽었다」

〈구로〉 선생의 얼굴에도 스산한 죽음의 그늘이 어린다.

국군들이 종희네 진짜 큰집으로 들이닥친다. 인민위원회 민청 간부인 큰사촌오빠와 둘째 사촌오빠는 이미 인민군을 따라 후퇴하고 집에는 부녀자들만 남아 있다. 종희네도 큰집에서 무슨 일이 벌어지나 우르르 달려가 본다.

군인이 마당에서 종희보다 한 살 위인 사촌언니를 벌거벗겨 놓고 혁대로 때리고 있다.

「빨갱이 오빠 어디 갔어? 어디 숨겨놓았어?」

「저는 학생이라서 아무것도 몰라요」

사촌언니가 한 손으로는 젖무덤을, 다른 한 손으로는 사타구니를 가리고 오돌오돌 떨며 울먹인다.

「거짓말 하지 마. 학생이니까 더 잘 알아야지」

군인이 또 혁대를 휘두른다.

「아악, 아악」

사촌언니 비명소리가 종희 고막으로 비수처럼 파고든다.
그 시간 큰사촌언니는 큰집이 운영하는 쌀가게 창고 가마
니 속에 숨어 있다. 학생인 작은사촌언니는 국군이 봐줄
줄 알았는데 그게 아니다. 군인들은 벌거벗은 여자를 채찍
으로 때리며 쾌감을 맛본다는 그 새디즘인가 마조히즘인가
하는 변태성욕자들 같다. 아무도 말릴 수 없다. 말리면 금
방 빨갱이로 몰릴 판이다.

군인들은 어디서 인민군이 불쑥 나타날까 불안한지 날이
어둑어둑해지기만 하면 아무데나 대고 총질을 하기 일쑤
이다.

타당탕탕탕, 따따따, 따당땅땅땅.

드르르륵, 드르륵.

오후 6시만 되어도 사람들은 바깥으로 나다닐 생각을 말
아야 한다.

종희는 어머니가 이전에 형님이라고 부르던 아주머니의
남편 댁을 찾아간다. 그 아주머니와 아저씨는 미국 비행기
폭격에 맞아 아주머니는 죽고 아저씨는 하반신이 날아간
상태다. 그런데도 아저씨는 새마누라를 얻어, 종희가 인사
차 들른 것이다. 종희는 이전 아주머니 얼굴과 새마누라
얼굴이 너무나 닮은 데 놀란다. 혹시 쌍둥이인가 물으니
그렇지도 않단다.

「세상에 희한한 일도 다 있지. 누가 죽었고 누가 살았는

지 모르겠네」

놀러 온 이웃들도 혀를 찬다.

그 집을 나서니 벌써 어스름이 내린다. 집이 그리 멀리 떨어져 있지는 않지만 야밤에 늑대에게 쫓기던 때만큼이나 무서움이 엄습한다.

타타타텅, 땅따따땅.

또 총소리가 거리를 진동한다. 누가 종희를 과녁으로 삼아 총을 쏘고 있는지도 모른다. 종희는 허리를 구부리고 행인이 끊어진 길을 내달린다. 효식 오빠가 사준 문학전집에서 읽은 시 구절 하나가 떠오른다.

〈십삼인의 아해가 도로로 질주하오. 길은 막다른 골목이 적당하오.〉

지금은 막다른 골목이면 큰일난다.

집으로 뛰어들어가니 종희 큰오빠가 다짜고짜로 종희 뺨을 때린다.

「왜 이리 늦은 거야? 7시가 다 되었어. 6시 넘어 나다니면 총 맞아 죽는다고 했지? 난 어디서 뒈진 줄 알았네」

평소에는 자상하던 큰오빠가 이런 때는 얼마나 매서운지 모른다. 시합 때마다 와서 응원하고 끝나면 저녁 사주고 자전거에 태워 집까지 데려다주던 아버지 같은 오빠다. 교장도 처음에는 종희 오빠를 아버지인 줄 알았다고 한다.

국군들이 부녀자만 있는 집을 골라 강간하는 사건들이

발생한다. 개중에 양심 있는 군인들은 강간한 여자를 자기 약혼자로 삼아 데리고 가기도 한다. 인민군들이 부녀자를 강간하는 경우는 별로 없었는데 국군들이 더 그러는 걸 보면, 국군이 인민군보다 규율이 느슨하고 이북사람들을 마치 적국 사람인 양 대하는 게 아닌가 싶다.

종희 친구 중에 은자라는 애도 국군에게 당한다. 은자 아버지는 작은마누라 얻어 딴살림 차리고 있고 은자 어머니가 딸 셋과 아들 하나를 키우고 있다. 어머니가 아파 은자가 소녀가장 노릇을 하는 중에 그런 일을 당한 것이다. 은자의 경우는 반강제로 연애를 하게 되었다고 하는 편이 나을지 모른다. 아홉 살인 남동생과 다섯 살인 여동생, 그리고 병든 어머니를 전쟁통에 살릴 수 있는 길은 국군과 같은 든든한 한 남자를 무는 수밖에 없다.

종희 오빠들은 원산 청년회 간부로 국군들을 도와준다. 간혹 들고 오는 서류들을 훔쳐보니 오빠들은 원산 시민들의 성분을 분류하는 업무를 맡고 있는 모양이다. 진짜 큰집 식구들은 아들들이 인민위원회 간부들이어서 종희네와 의절하다시피 한다.

부친의 유골을 충청도에서 원산까지 같이 들고 왔던 두 형제가 이제는 원수처럼 서로 등을 돌리고 산다. 부친 산소에도 같이 가지 않는다.

종희는 토요일 학교에서 돌아와 집 앞 개울을 건너 작은오빠네로 간다. 이쪽 집은 목욕탕이 없는데 작은오빠네는 크지는 않지만 그래도 목욕탕이 있다. 그 일본집에서는 큰 탕에서 늘 목욕을 할 수 있었는데 이쪽 집으로 오니 몸을 제대로 씻을 수 없어 불편하기 그지없다. 작은오빠네에서 목욕을 할 수 있는 것만 해도 그나마 다행이다.

소련군 사령관은 곧바로 며칠 후 평양으로 올라갔다고 하니, 일본집에는 그 동안 다른 장군과 장교들이 기거하며 징그러운 몸뚱이들을 목욕탕에 담갔을 것이다. 지금은 국군이 접수하여 사용하고 있다고 한다. 아군에게든 적군에게든 한번 집을 빼앗기면 전쟁중에는 찾을 생각을 말아야 한다.

종희는 물을 데워 목욕탕에 붓고는 잠시 식기를 기다려 탕으로 들어간다. 선녀의 옷자락 같은 수증기가 열아홉 처녀의 몸을 하늘하늘 휘감는다. 종희는 선녀들이 목욕을 하다가 나무꾼에게 옷을 빼앗겼다는 금강산 상팔담 청록 물빛이 눈앞에 어른거린다. 그 물빛도 국군과 인민군의 피로 물들었을지 모른다.

종희가 탕에서 나와 더운 물에 불린 몸을 때수건으로 문지른다. 목, 어깨, 팔뚝에서 때가 스멀스멀 밀려나온다. 봉긋이 솟은 젖무덤에서도 때가 밀린다. 젖무덤은 종희 자신의 손끝이 닿아도 느낌이 이상하다. 다른 농구선수들은 시합을 하는 데 거의 지장이 없을 정도로 젖무덤이 빈약했지만, 유독 종희만은 젖무덤이 큰 편이다. 수산전문 남자 선수들과 연습 시합을 하면 종희의 가슴이 상대방 몸에 부딪힐 때가 종종 있다. 그때마다 짜릿한 쾌감 같은 것이 전신으로 번지는 것을 어찌할 수 없다. 어떤 경우는 남자 선수와 한데 뒤엉켜 코트에 넘어지기도 하는데, 아예 남자의 상징이 젖무덤을 스칠 때도 있다.

종희는 허벅지 안으로 슬그머니 손을 밀어넣어보다가 얼른 명치 쪽으로 올린다. 아직 남자를 모르는 몸이 전쟁중에 살아남아 오빠들처럼 혼례식을 치를 수 있을 것인가.

종희가 몸을 돌리려다가 비끗 미끌어져, 쓰레기통으로 사용하려고 갖다둔 빈 깡통을 밟는다. 날카로운 깡통 언저리에 종희 오른 발바닥이 섬벅 베인다. 종희가 얼른 수건으로 응급조치를 하고는 몸을 대강 닦고 옷을 챙겨입는다.

부엌방에 들어가 상처 난 발바닥에 머큐롬을 바르고 다이아진 가루를 뿌리고 붕대를 감는다. 마루에서 작은오빠와 올케가 두런두런 이야기를 나누는 소리가 들린다. 종희가 부엌방 문을 살짝 연다. 작은오빠는 무거운 표정으로 마루 끝에 걸터앉아 담배를 피우고 있고 올케는 갓난아기를 어르고 있다.

「국군이 압록강까지 올라갔다가 중공군 때문에 후퇴하고 있대. 아무리 폭격을 해도 인해전술에는 당해낼 재간이 없거든. 그쪽은 날씨가 더 추워 미군들도 얼어죽고 난리래」

「인민군이 다시 여기까지 내려오겠네요」

「그래서 말인데, 내일 피난해야겠어」

「내일요?」

올케가 아기를 떨어뜨릴 뻔한다.

「진작 의논을 하려고 했는데 당신이 충격을 받을 것 같아서」

「전에도 피난 갔는데요 뭐」

「이번에는 다르거든. 나 혼자 이남으로 피난 가려고 해. 형님네 식구하고」

「저와 애들은 여기 둔다는 말씀이에요?」

「애들이 너무 어리잖아. 형님네 애들은 다 컸지만 말이야. 다시 또 국군이 밀고 올라올 거야. 걱정 말고 지난번 피난한 데로 가 있든지 해」

「이번엔 국군이 후퇴했다가 영영 올라오지 않을지도 모르잖아요」

「그야 아무도 모르지. 어쨌든 살아남으려면 나하고 형님은 피해야 해. 청년회 일을 했잖아」

올케가 아무 말 없이 훌쩍이기만 한다.

「내가 빨리 올라오지 못하더라도 마음 굳게 먹고 애들 잘 기르라구」

네 살, 두 살, 한 살인 아이들을 아내에게 맡겨두고 떠나야 하는 작은오빠의 마음이 얼마나 아플까. 종희 마음도 깡통에 베인 발보다 더 아린다.

작은오빠와 올케가 안방으로 들어가 또 한참 이야기를 나눈다. 종희는 소리 나지 않게 부엌방 문을 밀고 나와 집으로 돌아온다.

종희가 어머니에게 작은오빠가 올케에게 한 이야기를 들려준다. 어머니는,

「무슨……」

하며 종희의 말을 막는다. 종희는 놀라지도 않는 어머니의 표정에서 어른들 간에는 이미 의논이 끝났다는 걸 알아차린다.

밤이 되어 잠자리에 누웠으나 종희는 통 잠이 오지 않는다.

「종희야, 효식이 오빠가 왔다」

어머니가 종희 어깨를 흔든다. 늘 보고 싶던 효식 오빠가 오다니. 꿈속에서 어머니가 하는 소리겠지.

「종희야!」

정말 효식 오빠 목소리다. 종희가 벌떡 몸을 일으킨다.

「오빠!」

생각 같아서는 덥석 효식 오빠 품에 안기고도 싶지만 손을 내미는 것으로 그친다.

「종희 그 동안 많이 컸구나」

효식이 종희 손을 꼭 잡아준다.

「오빠, 어떻게 왔어? 숙제 내어놓고 이제 오면 어떡해?」

「학도의용병으로 북진하다가 후퇴하는 중이야. 중공군이 2차 공세를 시작했어. 사태가 심각해. 우선 형님하고 동생을 내가 데리고 가야겠어. 남자들만이라도 피해야지」

약국 하던 큰오빠와 효신 오빠를 데리고 가겠다는 것이다.

그럼 나는? 나도 가고 싶어. 서울 가서 공부도 하고.

이런 말이 목구멍까지 차올랐지만 어머니의 표정을 보고는 입을 다문다. 어머니는 중풍으로 누워만 있는 아버지 때문에 이남으로 가고 싶어도 가지 못한다. 종희도 사실은 아버지, 어머니를 남겨두고 떠날 자신이 없다.

다음날 저녁, 종희 큰오빠가 서류 뭉치를 싸안고 헐레벌떡 집으로 뛰어들어온다. 서류들을 마당에 쌓더니 성냥불을 그어댄다.

「당신이 나머지도 다 태워버려!」

큰오빠가 올케에게 부탁을 하고는 작은오빠와 함께 또 어디론가로 달려 나간다. 한 시간쯤 지나 큰오빠만 들어와 다짜고짜 종희에게

「너도 가겠으면 가자!」

한다. 종희가 얼떨떨한 표정으로 어머니를 쳐다본다.

「자식들이 다 가면 어쩌노」

어머니가 가만히 한숨을 쉬며 손등으로 눈시울을 훔친다.

「큰집 미숙이 보셨죠? 국군이 들어와서, 오빠 어디 숨겨 놨느냐고 발가벗겨서 혁대로 때리는 거 보셨죠? 인민군이 들어오면 종희도 우리 때문에 그 꼴이 된다구요. 종희, 우리 형제가 잘 보호하고 있다가 어머님께 다시 돌아오게 할 게요」

「네 자식들은? 효식이 말을 들으니까 수송선 타는 데도 인원이 정해져 있다던데」

큰오빠가 끄응, 속으로 신음소리를 낸다.

「동생도 마누라 자식들 다 두고 떠나는데, 나만 식구들 데리고 갈 수 없습니다. 그 대신 종희를 데리고 가려고요. 일 주일만 피해 있다 다시 올 겁니다」

「일 주일이 일 년 되고 십 년 되고 백 년 될지 어떻게 알어?」

「중공군 때문에 작전상 후퇴라니까요. 미국이 만주 폭격 해버리면 전쟁 끝나요」

「종희야, 그럼 네 혼수감 다 가져가거라」

「혼수감요? 참, 어머님도 종희가 어디 시집 가나요? 잠시 피해 있다 온다니까요」

큰오빠가 어머니에게 은근히 핀잔을 준다.

「아니다. 사람 일은 모르는 거다. 더구나 이런 난리통에는. 종희야, 그럼 이거라도 가져가거라」

어머니가 장롱 속에서 일곱 돈 금반지를 꺼내가지고 종

희에게 준다.

「혼수감으로 장만한 거니까 너 시집갈 때 끼거라. 영 살기가 어려우면 팔아서 양식을 사든지 하거라. 그리고 멘스대이 챙기는 거 잊지 말거라」

「어머님!」

종희는 울컥, 울음이 솟구친다.

작은오빠가 다시 뛰어들어오고, 과수원 큰집 오빠들도 마당으로 들어선다. 이제 피난 갈 사람들이 다 모인 셈이다.

종희 아버지는 자리에 누운 채 떠나는 자식들을 멀건히 쳐다보기만 할 뿐이다.

종희는 옷 몇 가지와 멘스대를 챙겨 그 〈사과〉 보자기에 싼다. 그래도 학생이라고 교복을 차려입고 아끼는 구두를 꺼내 신는다. 발에 붕대는 감았지만 걷는 데는 별로 지장이 없다.

원산항 부두에는 거대한 금강(金剛) 덩어리 같은 수송선(LST)이 입을 굳게 다문 채 버티고 있다. 겨울 밤바람이 더욱 매섭게 몰아친다. 종희는 교복 위에 코트를 걸쳐 입고 발을 동동 구른다. 부둣가에 가득 모여든 사람들이 삼삼오오 무슨 서류들을 태우며 불을 쬐기도 한다.

새벽이 저 바다 끝 수평선에서부터 밀려온다. 수송선의 앞 쇠문이 서서히 열린다. 짐들을 이고 진 사람들이 우르르, 우당탕탕, 썰물처럼 빨려들어간다. 종희는 오빠들을 놓치지 않으려고 큰오빠 혁대를 붙잡는다. 서로를 부르는 소리들이 아우성이 되어 울린다.

수송선 앞 쇠문이 들어올려지며 닫히기 시작한다. 군인들의 제지를 뚫고 사람들이 쇠문에 매달린다. 다행히 쇠문을 타고 넘어 안으로 굴러떨어지는 사람도 있지만 대부분 바다로 떨어진다. 쇠문이 닫힐 즈음 몸이 끼여 피투성이가 된 채 비명을 지르는 사람도 있다.

그 모든 소란들을 뒤로 하고 수송선은 난바다로 점점 나아간다. 새벽이 이제는 바다 한복판까지 밀려와 있다.

종희는 루시 여학교 운동장만큼이나 넓은 갑판 난간에 기대어 고향 쪽을 바라본다. 불빛 하나 없이 캄캄하다. 캄캄한 어둠 속에 아버지와 어머니를 버려두고 온 것만 같다.

아버지! 어머니!

사람들만 없다면 미친 듯이 불러대고 싶다. 큰오빠가 다가와서 넌지시 속삭인다.

「이제부터 마음 단단히 먹어야 해. 독하고 강해야 해」

학생 아씨, 이놈 독하죠? 이놈처럼 강해야 해요.

껍질이 홀랑 벗겨진 산토끼가 깡충깡충 바다 너울을 타넘으며 뛰고 있다. 김서방이 뻘건 산토끼를 집어들며 피식 웃는다.

종희는 속이 울렁거리며 구토를 하려고 한다.

「우욱, 우욱」

난간에서 바다를 향하여 토악질을 하려고 해도 잘 되지 않는다.

큰오빠가 종희 등을 두드려준다.

「이남에 가면 보리밥 먹어야 해」

새벽 바다에 점점이 박혀 있는 동살 무늬들이 허연 보리 쌀알들처럼 보인다.

종희의
서러운 시절

이광모 감독의 「아름다운 시절」을 관람하고 나서 며칠 후 금강산 관광선 금강호가 떠나는 것을 보았다. 슬픔의 용암이 솟구쳐 흘러 세월의 바다 끝에서 굳어버린 금강(金剛) 덩어리.

새벽 바다에 점점이 박혀 있는 동살 무늬가 허연 보리 쌀알들로 보이자, 종희는 더욱 토악질을 하려고 한다. 여전히 헛구역질이다. 물이라도 얻어 마시면 속이 좀 나을까 싶어 종희가 선장실로 다가간다. 갑판 한구석 쌀 가마니 위에 반 친구 윤옥이 오도카니 앉아 있다.
「윤옥아, 너 혼자니?」

「아니, 아빠 엄마하고 윤실이」

윤옥이 난간 쪽을 손으로 가리킨다. 윤옥의 식구들이 난간에 기대서서 하염없이 원산 방향을 바라보고 있다.

「너는?」

「난 오빠들하고……. 아버지가 아프셔서 어머니도 나오지 못했어」

종희는 윤옥이 부럽기 그지없다. 왈칵 눈시울이 뜨거워지려 한다.

「지금 어디 가려고?」

「선장실. 물 좀 얻어 마시러」

「선장실 가서 물 달라고 하면 여자한테는 주먹밥 준다. 남자들은 아무리 비라리쳐도 안 줘. 아참, 그리고 선장이 일본 사람이니까 일본말로 해야 돼」

과연 윤옥의 말대로, 선장실로 가서 물을 달라고 하자 선장이 물 줄 생각은 하지 않고 배가 고프냐고 물으면서 쌀밥을 뭉친 주먹밥 두 개를 종희에게 내민다. 종희가 그것을 받으려고 하니 선장이 슬쩍 종희의 엉덩이를 손바닥으로 쓸어본다. 고생한다고 위로하는 몸짓 같기도 하고, 그런 기회를 틈타 여자 몸을 만져보려는 엉큼한 수작 같기도 하다. 종희가 살짝 미소를 지으며 소금도 조금 달라고 한다. 일본 선장은 소금을 종희 손에 쥐어주며 또 슬그머니 손을 잡아본다.

종희가 주먹밥과 소금을 들고 나와 큰오빠에게 건넨다. 큰오빠가 주먹밥 한 개는 과수원 큰집 효성이네 형제들에게 주고, 나머지 한 개는 반으로 나누어 종희와 외사촌오빠한테 준다.

「큰오빠는? 그리고 작은오빠는?」

큰오빠가 자기들은 괜찮다고 고개를 젓는다. 종희는 주먹밥에 소금을 얹어 먹으며 가사 선생이 수업시간에 하던 말을 떠올린다.

「너희들 만약에 피난 갈 일이 있으면 말이야, 소금하고 깡통은 꼭 가지고 가도록 해. 소금 한 모금으로도 일주일은 견뎌. 깡통은 피난중에 요강 대신으로 쓸 수 있으니까」

주먹밥을 먹고 나자 종희 속이 약간 편안해진다.

아침 햇살이 눈부시다. 동해를 거쳐 남해로 들어선 수송선이 거제도 해안에 피난민들을 부려놓는다.

피난민들은 배에서 내리자마자 남자와 여자로 나뉜다. 아이들이 몰려와서 피난민들을 구경한다. 아이들 중에는 댕기 머리에 노란 저고리, 빨간 치마를 엉성하게 차려입은 여자애들도 있다. 아이들에게서 외진 촌 냄새가 물씬 풍긴다. 아이들이 띄운 연들이 별박이가 되어 하늘 높이 가물거린다.

피난민들이 트럭에 실려 수용소로 이송된다. 종희 작은오빠와 효성 오빠는 다른 수용소로 가고, 효식 오빠는 학도병으로 전선에 다시 복귀하러 간다.

수용소에는 수천 명이 우글거린다. 군용 천막 하나에 30명 가량이 들어간다. 종희가 천막에 들어선 여자들을 둘러본다. 학교 선배 언니 한 사람이 끼여 있어 여간 반갑지가 않다. 큰오빠가 종희 천막에 와서 보고, 선배 언니에게 종희를 잘 부탁한다는 말을 하고 간다.

「옷들 다 벗어!」

아침에 일어나니 난데없이 군인들이 총을 들고 와서 고함을 지른다. 여자들이 남자 군인들 앞에서 옷 벗는 것을 머뭇거린다. 군인들이 총구를 여자 가슴에 들이대며 위협한다. 종희는 원산에서 여자를 강간하던 국군들이 떠오른다.

한 여자가 옷을 다 벗자 군인 하나가 허연 디디티(DDT) 가루를 여자의 몸과 옷가지에 마구 뿌린다. 여자들이 엉거주춤 옷들을 벗는다.

「각자 자기 옷들 털어가지고 도로 입어!」

여자들이 디디티 가루로 범벅이 된 옷들을 하나하나 집어올려 턴다. 디디티 가루가 펄펄 날리며 매캐한 냄새를 풍긴다. 공중으로는 그렇게 디디티 가루가 허옇게 날고, 아래로는 배가 잔뜩 부른 수퉁니〔蝨〕들이 거멓게 우스스 떨어진다.

식사로 주먹밥이 배급된다. 보리밥이다. 종희는 어릴 적부터 보리밥만 먹으면 토한다.

「나누어준 주먹밥을 먹지 않으면 벌을 줄 것이다. 그래도 말을 듣지 않으면 총살이다!」

수용소 마이크에서 무시무시한 경고가 울려퍼진다. 전쟁 중에는 총살이라는 말이 평소의 돌팔매질 정도로 여겨지는 모양이다. 설마 총살이야 하려고.

종희는 치마에 붙은 주머니에 주먹밥을 몰래 집어넣고 변소로 가서 버린다. 배가 아무리 고파도 보리밥은 먹을 수가 없다. 원산에 두고 온 식구들이 보고 싶어 아예 밥맛마저 없다.

이틀째 주먹밥을 버리다가 문득 식성 좋은 외사촌오빠 생각이 난다. 종희는 남자들이 수용되어 있는 천막을 찾아가 외사촌오빠를 불러내어 주먹밥을 슬쩍 건네준다. 큰오빠에게 갖다주면 꾸지람을 들을 것이 뻔하다.

닷새 동안 아무것도 먹지 않아 종희는 걸어다닐 기운조차 없다.

여자들만 트럭에 실려 어느 학교로 옮겨 간다. 이제 종희는 큰오빠하고도 헤어지게 된다. 종희는 교실 바닥에 주저앉아 눈물을 뚝뚝 흘린다. 선배 언니가 다가와 종희 어깨를 감싸주며 속삭인다.

「난 혼자 왔는데도 울지 않는데, 넌 띠앗 깊은 오빠들이 있잖아. 오빠들이 곧 찾으러 올 거야」

아니나다를까 다음날 큰오빠가 큰집 막내오빠 효신과 함

께 종희를 찾아온다.

「오빠, 어떻게 알고 왔어?」

「여자들 트럭 타고 가는 거 보고 운전하는 군인에게 어디로 가느냐고 물어두었지. 그리고 사실은 나, 효신이랑 수용소 도망나왔어. 너도 여기 있다가는 굶어죽기 딱 알맞겠다. 여길 빠져나가자. 국군들 인민군 포로 수용하느라고 우리 같은 민간인들 도망가든 말든 신경도 안 써」

큰오빠가 주위를 살피며 종희를 데리고 학교 뒷산으로 달아난다. 산을 넘어가자 민가가 나타난다. 그들 셋은 길가 허름한 식당으로 들어가 국수를 사 먹는다. 종희는 따끈한 국수 국물을 한 방울도 남기지 않고 다 마신다. 이제 좀 살 것 같다.

그들은 쌀가게에서 쌀을 한 되 사고 우유 깡통을 하나 구해가지고 야산으로 올라간다. 저녁 무렵, 개울가에서 쌀을 씻어 깡통에 붓고 깡통을 돌멩이들 위에 놓는다. 돌멩이들은 솥발 역할을 하도록 약간씩 벌어져 있다.

효신이 나뭇가지를 꺾어 와 후후, 입김을 불어가며 불을 지핀다. 깡통 속인데도 쌀물이 보글보글 먹음직스럽게 끓는다.

그들은 개울가 바위 틈에서 밤을 지낸다. 큰오빠가 자기 코트를 종희에게 덮어주고 팔베개를 해준다. 꽁꽁 얼어붙은 겨울 밤하늘에 작은 얼음덩어리들이 하얗게 반짝인다.

종희는 눈물마저 얼 것 같아 울음을 참는다.

다음날 그들은 부두로 나가 배를 얻어 탄다. 부산에 내려, 지나가는 사람들을 아무나 붙잡고 묻는다.

「혹시 원산 사람 아닙니까?」

「원산 사람 못 보았습니까?」

누가, 원산 사람 만나려면 보수동 동회로 가보라고 한다.

보수동 동회 2층은 그야말로 이북 시민회 집합 장소다. 평안도, 황해도, 원산 시민회 간부 일을 했던 사람들이 모여 살고 있다. 원산 사람이 세 가구, 평안도 사람이 세 가구, 황해도 사람이 한 가구, 총책임자 내외가 한 가구, 그렇게 여덟 가구가 의견모하며 방을 쪼개어 쓰고 있다. 대개 3조 다다미 방들이다.

원산 시민회 간부 일을 했던 큰오빠 덕분에 종희네도 끼여들어가 살 수 있게 된다.

황해도 사람은 남편도 없이 어린 4남매를 키우고 있는 아낙네다. 게다가 만삭의 몸으로 배재기다. 조금 넓은 방을 쓰고 있는 평안도 내외가 자기네 방을 황해도 여자 방과 바꾸어준다.

4남매 중 막내인 네살배기 딸아이가 재롱둥이이다. 「신라의 달밤」을 혀 짧은 목소리로 가수 현인 흉내를 내며 간드러지게 부르면 사람들이 배꼽을 쥐고 웃는다.

한 달 후에 황해도 여자가 유복자를 낳아 경섭이라고 이름을 짓는다. 경상도에서 낳았다고 경(慶) 자를 넣었단다. 경측할 경 자이지만, 아버지 없는 다섯 남매를 여자 혼자서 전쟁중에 어떻게 키워낼지 옆에서 보기만 해도 막막하다.

시민회 집합 장소에 살고 있으니 친척과 고향 사람들이 하나 둘 찾아온다. 수용소에 들어오면서 헤어졌던 종희 작은오빠와 효성 오빠도 다시 만나 같이 살게 된다.

3조 다다미 방에 벌써 다섯 식구다. 네 명의 오빠들과 같은 방에서 생활하고 자야 하는 종희는 여간 불편하지 않다. 효성과 효신 오빠는 말이 사촌오빠이지 핏줄 하나 섞이지 않은 남정네들이다. 아버지들끼리 의형제를 맺어 호형호제 하는 사이라 자식들도 친척처럼 가까워진 것뿐이다.

종희는 잠을 잘 때 오빠들과 떨어져서 몸을 잔뜩 웅크리고 자보지만 이불이 하나밖에 없어 결국 서로 몸이 닿게 되는 것을 어찌할 수 없다. 열네 살이나 많아 어떤 때는 아버지처럼 여겨지기도 하는 큰오빠 옆에서 자니까 망정이지, 그렇지 않다면 자다가도 몇 번이고 놀라서 일어나곤 했을 것이다.

오빠들도 원산에 두고 온 가족들 생각하느라고 가만히 한숨들을 쉬며 잠을 잘 이루지 못한다.

며칠 지난 후, 효성 오빠 마누라가 아이들을 데리고 시민회를 찾아온다.

「여기 송효성이라고 원산에서 온 분이 있나요?」
「가만있어 봐요. 원산에서 온 사람들은 몇 있는데……」
시민회 책임자가 종희네 방으로 와서 확인을 한다.
「없다고 그러세요. 애옥살림에 내 입 하나도 건사하지 못하고 있는데」
효성 오빠가 미간을 찌푸리며 손사래를 친다. 아마 종희네 다른 식구들 눈치를 보느라고 그러는 것일 게다.
「당신도 인간이야? 마누라가 서방을 찾아 새끼들 데리고 천리 길을 달려왔는데 없다는 게 말이나 되는 소리야?」
책임자가 버럭 고함을 지른다. 효성 오빠 두 눈이 벌겋게 충혈되며 눈물이 왈칵 고인다.
효성 오빠 마누라는 남편이 먼저 피난을 떠나자 소 한 마리 있던 거 팔고 집도 팔아 노자를 마련해서, 갓난아이는 등에 업고 그 바로 위 어섯눈뜬 둘째 애는 식모에게 업히고 큰애는 걸려서 왔다고 한다.
종희 작은오빠 역시 아내와 세 아이를 이북에 두고 왔는데, 효성네를 보자 더욱 식구들 생각이 나는지 눈시울이 붉어진 채 먼산바라기를 한다. 아내와 두 아이를 두고 온 큰오빠도 마찬가지이다.
효성 오빠네 식구들까지 합하면 자그마치 열 명이나 된다. 도저히 한 방에서 생활할 수가 없다. 결국 효성 오빠네는 영주동 산비탈 판잣집 방을 하나 얻어 나가 산다. 종희 작은오빠도 제2국민병으로 입대하여 군사 훈련을 받으러 대구 브근 부대로 떠난다.

두 오빠가 보수동 시민회를 떠나자 이번에는 종희 육촌언니가 남동생을 데리고 나타난다. 육촌언니는 과수원집 사촌언니가 덕성 국민학교 선생을 할 때 명석 국민학교 선생을 했는게 원산에서도 소문난 미인이다. 육촌언니가 보수동 시민회 건물로 들어서자 그 화사하고 수려한 용모에 사람들이 넋이 나간 듯하다.

육촌언니 남동생도 종희한테는 오빠뻘이 된다. 그 육촌 오빠는 책을 가방에 싸가지고 와 대학 입시 공부를 열심히 한다. 종희도 대학에 들어가고 싶은 마음이 굴뚝 같다. 임시로 차려진 원산 시민회에서 추천을 해주고 피난 온 선생이 있어 사인을 해주기만 하면, 고급중학교 3학년을 온전히 마치지 돗하긴 했어도 대학 시험은 볼 수가 있다.

종희는 피난 온 선생들을 만날 수 없나 하고 국제시장을 돌아다녀 본다. 국제시장은 수송선이 대기하고 있던 그 원산 부두처럼 사람들로 북적댄다. 팔도의 사투리가 뒤섞여 들끓는다.

「아, 노어 선생님!」

종희가 옷가게를 기웃거리고 있는 여자를 보고 자기도 모르게 고함을 지른다. 여자가 놀란 얼굴로 돌아본다. 과연 노어 선생이다.

「어, 누구더라?」

노어 선생은 종희를 모르는 척한다. 그도 그럴 것이, 원산 고급중학교에 있을 때 노어 선생은 겉과 속이 다 시뻘건 〈토마토〉로 유명했다. 겉만 붉고 속은 하얀 〈사과〉였던 종희로서는 노어 선생이 늘 밉고 무서웠다. 그런 열성 공산당원이 어떻게 이남으로 피난을 왔을까.

「저예요. 이종희. 원산 여자 고급중학교」

「아, 종희. 그래 맞어. 이제 알겠다. 그 동안 부쩍 컸네」

노어 선생이 어색한 표정으로 마지못해 아는 체를 한다.

「다른 선생님들 소식은 못 들으셨어요?」

종희는 노어 선생에게서 대입 추천서 사인를 받고 싶지는 않다.

「글쎄, 뿔뿔히 흩어졌으니……. 삼각기하 선생 소식은 알지. 그 선생도 이남으로 내려왔어」

「인민군 장교랑 약혼했다는 소문이 들리던데」

「그 장교가 철원에서 전사했대」

「지금 어디 계세요?」

「수녀원에 들어갔어」

종희는 갈지개 깃털 색을 하고 있던 삼각 선생의 머리칼과, 교무실을 훤하게 하던 미모를 떠올린다. 삼각 선생이 수녀복을 입는다면 아마 이 세상에서 가장 아름다운 수녀가 될 것이다.

「그래 반갑다. 또 소식 주고받자」

노어 선생이 서둘러 자리를 뜨려 한다. 서로 연락처도 알지 못하는데 어떻게 소식을 주고받는담.

며칠 후 종희는 국제시장에서 또 한 명의 학교 선생을 만난다. 〈불독〉이라는 별명을 가진 화학 선생이다. 그 선생은 종희가 속해 있던 농구부 학생들한테는 별명과는 달리 잘 대해 주었다. 농구 연습을 하다가 운동장 가에서 쉬고 있으면 농구부원들을 학교 근처 자기 집으로 데리고 가서 우스갯소리도 해가며 미싯가루를 타주곤 했다.

화학 선생은 종희를 보자 껴안을 듯이 반색한다.

「사모님이랑 다른 식구들하고 다 같이 내려오셨어요?」

「어디 그럴 형편이어야 말이지. 에이치 투 오(H$_2$O)에서 수소가 두 개 빠진 격이지. 외로운 산소야. 흐흐」

이런 와중에서 화학 선생은 유머를 잃지 않고 있다.

「노어 선생님 며칠 전에 이 근방에서 만났어요. 황망중에 만나 제대로 이야기도 나누지 못했어요」

「그 빨갱이 여자가 왜 이남으로 왔지? 하긴 〈토마토〉도 썩으면 허옇게 곰팡이가 끼더라. 난 여기 와서 국어 선생, 대수 선생 들 다 만났다. 〈사과〉들끼리 만나니까 반갑더라. 마음 통하는 사람들이랑 여기서 땅내 맡고 살아야지 어쩌겠니」

종희는 화학 선생의 도움으로 대입 추천서에 사인을 받

고, 대학 들어가면 교복 겸 입으려고 옷도 한 벌 싸구려로
장만해 놓는다. 근데 등록금이 없다.

　종희는 밤중에 일어나 몰래 방문을 열고 나가 문에 기대
어 흐느껴운다. 하늘에 달이 떠 있으면 원산에서 배운 노
래를 흥얼거린다.

　　저 높은 하늘 가운데
　　뚜렷하게 솟아오른 저 달은
　　우리 고향에 명랑하게 비치이라
　　저 달은 내 소식 전해주게

「그렇게 밤낮 노량목으로 청승을 떨려면 그 반지 내놔!
등록금 만들어줄게」

　큰오빠가 어느새 종희 옆에 와 서 있다. 원산을 떠나올
때 어머니가 혼수감으로 건네준 일곱 돈 금반지를 내놓으
라는 것이다. 금값이 한 돈에 1300원이다.

　큰오빠는 반지를 팔아 효신 오빠와 함께 고물 트럭을 타
고 강원도로 마늘장사를 하러 떠난다. 누구한테 마늘장사
가 잘된다는 말을 들은 모양이다.

　육촌언니도 식객 노릇만 하고 있을 수 없다면서 빵을 팔
러 새벽 국제시장에 나간다. 시민회 건물에 들어와 사는
종희 또래의 여자 아이가 빵공장에 다니는데 그 아이의 주

선으로 빵장사를 할 수 있게 된 것이다.

육촌언니가 시장에 나가면 방에는 육촌오빠와 종희만 남아 있게 된다. 육촌오빠 역시 새벽에 일어나 대입 준비를 한다. 종희는 자리에 그냥 누워 있을 수도 없고 그렇다고 일어나 앉아 부스럭거릴 수도 없어 여간 조심스럽지가 않다. 종희드 아예 육촌언니를 따라 나서기로 한다.

공장에서 막 받아온 빵은 아직도 따뜻한 기운이 남아 있다. 빵을 다 팔려면 두세 시간 차가운 시장 바닥에 앉아 있어야 한다. 종희는 배가 고파 팥빵을 한입 베어물어 볼 가심을 하고 싶어도 꾹 참는다. 빵은 5원씩으로 하나 팔면 1원이 남는다.

국제시장 바닥에는 빵 파는 사람, 비지 파는 사람, 두부 파는 사람 들이 죽 늘어서 있다. 주로 피난민들이다.

「두부 한 모에 10원이요!」

「비지 한 덩어리에 5원이요!」

장내기 값을 외치는 억양만 들어도 이북 어느 지역에서 내려왔는지 금방 알 수 있다.

종희와 육촌언니는 빵을 판 돈 오륙십 원에서 얼마를 떼어 쌀을 사가지고 집으로 돌아와 밥을 해먹는다. 나머지 돈은 빵 구입비와 생활비, 등록금을 위해 모아둔다. 아침을 먹고 나서야 종희는 대입 준비용 책을 조금 들여다본다.

날마다 물을 길어다 먹는 일이 큰일이다. 물을 길으려면

새벽이나 늦은 저녁에 길을 건너 골목을 몇 굽이 돌아 노
파가 혼자 사는 어느 집 뒤뜰 우물로 가야 한다. 허리가
고부라진 노파는 우물물을 퍼 가지 말라고 나서서 막지는
않지만, 타래박 소리가 들리면 지게문을 빠끔히 열어보고
는 욕설을 섞어가며 구시렁거린다.
　「문디 가시나, 맨날 물 푸러 오네」
　종희는 그 우물가에서 원산 사범학교에 다니던 영자라는
친구도 만난다. 영자는 종희보다 키도 크고 덩치가 좋아
여장부 같다. 종희 물 바께쓰를 대신 들어주기도 한다. 영
자는 시민회 근처에 사는데 새벽마다 두부를 팔러 국제시
장에 나간다.
　하루는 영자가 제안을 한다.
　「우리 낮에는 장사를 하지 않으니까 말이지, 쉐타를 짜
서 팔자구. 어린애 거는 천 원이고, 어른 거는 천오백
원, 이천 원까지도 받는대. 애들 거 짜려면 이틀 정도 걸
리고 어른 거는 나흘쯤 걸린대. 밤을 새면서 짜면 그보다
더 빨리 짤 수도 있고」
　「사줄 사람들이 있을까?」
　「이 동네에 중학교 때 서무과 선생이 살고 있는데 말이
야, 여동생이랑 같이 내려왔거든. 너도 잘 알 거야. 〈멋쟁
이 언니〉라고. 그 언니가 어디 좋은 데 취직을 한 모양이
야. 그래 따로 나가 살면서 자기 오빠에게 종종 생활비도

대어주는가 봐. 그 언니가, 쉐타를 짜기만 하면 돈 많은 손님들 소개시켜 주겠다는 거야」

종희는 오빠가 마늘장사를 하면서 모으고 있고 육촌언니가 빵장사를 하면서 보태고 있는 자신의 등록금을 하루라도 속히 마련하고 싶은 마음에 영자의 제안을 받아들인다. 대입 공부는 당분간 얼러방치기로 하다가 등록금이 생긴 후에 열심히 해도 될 것이다.

종희와 영자는 색색가지 털실을 사와서 스웨터를 짜 내다팔기도 하고, 〈멋쟁이 언니〉를 통하여 후한 값을 받고 부잣집에 팔기도 한다. 육촌언니도 새벽에 빵을 팔고 와서 아침잠을 조금 잔 후 스웨터 짜는 일을 한다.

두 달 사이에 종희는 2만 원이나 되는 돈을 모은다. 오빠가 마늘장사 해서 번 돈을 합하면 등록금은 넉넉히 채우게 될 것이다. 육촌오빠 등록금도 육촌언니 저금과 합하면 그리 어렵지 않게 마련될 성싶다.

종희는 부산으로 피난 와 있는 이화여대에 들어갈 꿈에 부푼다. 한림원, 예림원, 행림원 3원에 문과, 음악과, 가사과, 교육과, 의학예과, 약학과, 체육과, 미술과 등 8개 학과를 두고 있는 이화여대 어느 과에 들어가야 할 것인가. 중·고 시절 농구 선수로 활약한 종희로서는 체육과도 나쁘지 않다고 여기나, 오빠들은 운동은 그만큼 했으니 이제는 공부 쪽으로 방향을 잡으라고 한다.

고급중학 2학년 때 같은 반이었던 김정연이라는 친구도 시민회 건물에 들어와 사는데, 그 애도 이화여대에 들어갈 준비를 하고 있다. 원래 국어를 잘 하고 문학에 소질이 있어 백일장에서 상도 타고 하던 애라 문과를 지망한다.

그 애는 어머니를 원산에 놔두고 아버지하고만 이남에 내려와 자나깨나 어머니 걱정이다. 그 애 어머니는 잠시 짬을 내어 잊고 온 물건을 집으로 가지러 갔다가 수송선이 떠나는 바람에 오지 못했단다. 아버지 어머니가 원산에 함께 있는 종희 쪽이 오히려 다행이란다. 종희는 아버지라도 옆에 있는 정연이가 부러운데 말이다.

평안도가 고향인 옆방 젊은 여자가 종희에게 물을 좀 길어달라고 부탁한다. 그 여자는 갓난아기가 아파 꼼짝 할 수 없다. 종희는 영자와 함께 그 여자를 위해 물을 길어준다. 세 바께쓰를 안다미로 길어주니 그 여자가 종희에게 고맙다면서 큼직한 미제 치약과 칫솔을 선물로 준다.

종희는 생전 처음 미제 칫솔에 치약을 묻혀 이빨을 닦아본다. 입 안 가득히 감미로운 향기가 번진다. 세상에 이렇게 좋은 치약과 칫솔이 다 있다니. 이것으로 매일 이빨을 닦으면 입에서 저절로 꼬부랑 영어가 술술 나올 것도 같다.

「공비를 만났어」

캄캄 밤중에 사색이 되어 돌아온 종희 큰오빠와 효신 오

빠는 연신 한숨만 쉰다. 강원도 쪽에서 마늘을 사가지고
부산 방면으로 오는 도중에 영덕 근방에서 공비를 만나 트
럭과 마늘을 다 빼앗겼다고 한다. 그 동안 번 돈까지 몽땅
털렸음은 두말할 나위가 없다. 공비들은 주왕산을 중심으
로 활동하는 빨치산인 모양이다. 마늘장사에 같이 따라나
선 효신 오빠 친구 한 사람도 풀이 죽은 얼굴로 벽에 기대
앉아 있다.

「어떻게 마련한 돈인데」

큰오빠는 종희 보기가 민망한지 시선을 천정으로 향한
채 애꿎은 썩초만 태우고 있다.

「공비들에게 끌려가지 않은 것만 해도 천만다행이에요.
돈이야 또 벌면 되는 거고」

종희는 이렇게 오빠들을 위로하면서 자기가 모은 돈 2만
원에 모든 희망을 걸어본다. 그 돈에 대해서는 오빠들에게
당분간은 말하지 않을 작정이다. 그만한 돈이 종희에게 있
다는 것을 알면 오빠들은 또 무슨 장사를 하겠다고 나설지
모른다.

새벽녘이 되어서야 모두들 쪽잠을 잔다. 한 방에 남녀
합하여 여섯 명이 자니 조금도 몸을 움직일 수가 없다. 종
희가 맨 가에 눕고 그 옆에 육촌언니, 그 옆에 육촌오
빠, 이런 식으로 누워 여자들의 불편을 조금이나마 덜어보
려 한다.

사실 종희와 부모가 같은 남매지간은 이 방에 한 사람도 없는 셈이다. 큰오빠도 아버지 쪽으로만 핏줄이 같고 효신 오빠는 의사촌간이고 효신 오빠 친구는 그야말로 완전히 남이다. 육촌언니의 불편은 종희보다 더하면 더했지 덜하지는 않을 것이다.

종희는 어지러운 꿈을 꾸다가 숨이 막힌다. 옆에서 자는 육촌언니가 이쪽으로 몸을 뒤척인 모양이다. 원산에서 미인으로 이름난 육촌언니의 몸매는 종희가 보아도 반할 지경이다. 지금 육촌언니의 품에 얼굴이 묻혀 있다면 잠시 숨이 막히는 것도 참을 만하다. 그런데 이상하다. 육촌언니가 손으로 종희 몸을 더듬는다. 허벅지 안에까지 손을 집어넣으려 한다. 종희가 퍼뜩 고개를 돌리며 눈을 떠본다. 허벅지 안으로 들어오던 손이 멈칫한다.

종희는 비명을 지르려다 입을 다문다. 종희 바로 옆에, 그러니까 종희와 육촌언니 사이에 효신 오빠 친구가 끼여들어와 있는 게 아닌가. 그 남자는 짐짓 잠에 곯아떨어진 척하고 있지만 종희와 육촌언니를 상대로 엉큼한 짓을 하려는 것임에 틀림없다. 그렇다고 지금 소란을 피워 모두 깨우는 것도 현명한 처사가 아니다. 육촌언니를 깨워 함께 빵장사를 하러 나가면 이 사태는 일단 수습이 될 것이다.

종희는 육촌언니를 흔들어 깨워 조심조심 밖으로 나온다.

「그 사람이 왜 우리 사이에 끼여들어와 있지? 잠결에 거기까지 몸을 굴려 왔을 리는 없고」

육촌언니가 자꾸만 고개를 갸우뚱한다.

「변소 갔다 와서 자기 자린 줄 잘못 알고 잠결에 그냥 누웠을 수도 있지. 언니, 더 이상 신경 쓰지 마. 하룻밤만 여기 있다가 자기 집으로 간다고 그랬잖아」

「근데 너 등록금 어떡하니? 금반지 판 돈 오빠들이 다 날려버렸으니. 전쟁도 아직 끝나지 않은 이런 시국에 강원도 오지까지 간 게 잘못이지」

「어떻게 되겠지 뭐. 내가 벌어놓은 돈도 좀 있고」

「아참, 너 그 돈 어디 두었어? 내 돈은 이렇게 늘 차고 다닌다」

육촌언니가 아랫배 근방을 손으로 쓰다듬는다. 순간, 종희에게 불길한 예감이 밀려든다.

「난 벽장 안 교복 주머니에 넣어두고 다니는데. 보자기에 싸두었어」

「보자기로 표시까지 해두었구먼. 빨리 집으로 돌아가보자. 그 사람 아무래도 수상해」

육촌언니가 종희 손을 잡아끌다시피 하여 집으로 급히 와본다. 아니나다를까 어느새 효신 오빠 친구라는 사람은 온데간데 없고 다른 오빠들만 잠에 취해 널부러져 있다. 벽장 문이 열려 있고 보자기도 풀어져 있다.

어떻게 모은 2만 원인데. 종희 꿈을 앗아가버린 효신 오빠 친구는 공비보다 더 악질이다. 종희는 그런 사람을 친구로 사귄 효신 오빠마저 미워지는 것을 어찌할 수 없다.

종희는 며칠 낮밤을 울면서 지낸다. 오빠와 육촌언니, 영자 들이 위로해도 소용이 없다. 정연의 위로는 다른 사람과 사뭇 다르다.

「부모를 이북에 두고 온 죄인들이 공부는 무슨 공부야. 나도 일단 공부는 접어두기로 했어. 몇 년 늦게 대학 들어가면 어때? 부모님 다 보는 앞에서 대학모를 써야지, 안 그래? 그 동안 우리 취직해서 돈이나 벌자」

종희는 정연의 말이 맞다고 생각한다. 부모가 이북에서 고생하고 있는데 자기 혼자 대학 들어가서 편하게 살 길을 찾는다는 건 도리에 맞지 않는다.

종희는 스웨터를 사주던 어느 아주머니에게 취직을 부탁한다.

「일본말을 잘하면 한 군데 소개해 줄게. 우선 면접 시험을 봐야 하니까 용모 단정히 하고, 알았지?」

종희는 육촌언니와 함께 국제시장에 가서 면접 때 입을 옷을 고른다. 시장에는 피난민들이 내다판 옷을 새옷처럼 다시 다듬어 파는 데가 많다. 종희는 나일론 조각 꽃무늬가 박혀 있는 예쁜 비로드 치마를 1700원에 한 벌 산다. 머리는 미장원에 가서 손질하는 대신 학생처럼 두 줄로 정성

들여 놓는다.

아주머니가 소개해 준 회사를 찾아가니 무역회사 종류이다. 마흔 살쯤 되어 보이는 귀얄잡이 사장이 혼자 면접을 하고 다음날부터 회사에 나오라고 한다. 종희를 아래위로 훑어보는 사장의 시선과 눈웃음이 거슬렸지만 그래도 직장이 생겼다는 뿌듯함으로 회사에 다니기 시작한다.

맨 처음 맡은 일거리는 일본책을 번역하는 일이다. 물품 설명서의 일종인데 일본어가 그다지 어렵지 않다. 한달 만에 책을 다 번역하고 번역료 겸 월급을 탔는데 자그마치 7만 원 가량이다. 달마다 이 정도 월급을 탄다면 얼마 있지 않아 모갯돈도 만들 수 있을 것 같다. 대학 가는 일을 뒤로 미룬다면 시민회 건물에서 나와 시내에 방을 하나 얻을 수도 있을 것이다.

종희 큰오빠도 장사에는 정다셨는지 서울로 가 세무서에 취직한다. 원산 상업학교 출신인 데다 주산 도사라는 소리를 듣는 오빠인지라 세무서에서 선뜻 받아준 모양이다.

시민회 건물은 찾아오는 피난민들로 더욱 북적거린다. 종희 육촌언니가 남동생과 함께 방을 얻어 나가자 이번에는 기다렸다는 듯이 외사촌오빠와 친사촌오빠가 찾아온다. 종희는 그 두 오빠들과 한 방을 쓰게 된다. 친사촌오빠는 종희보다 일곱 살이 많고 외사촌오빠는 종희보다 한 살이 많다.

그 오빠들은 학벌이 변변찮아서 취직을 하지 못하고 자갈치 부둣가에 나가서 하역 일을 한다. 저녁 때는 자기들이 알아서 밥을 사먹고 들어온다.

두 오빠가 방으로 들어오면 자갈치 갯내와 생선내가 진동한다. 종희는 다음날 회사에 출근할 때 자기도 갯내와 생선내를 풍기지 않을까 염려한다. 오빠들이 소주까지 몇 잔 걸치고 오는 날에는 그 냄새로 질식할 것만 같다.

큰오빠와 작은오빠가 집에 없으니 종희에게 마음이 있는 오빠 친구들이 수시로 찾아와 놀다 간다. 사촌오빠들에게 마음이 있는 여자들도 찾아와 한바탕 떠들고 돌아간다. 종희는 늘 일결을 치르지만 대개 같은 고향 사람들이라 냉대를 할 수도 없다. 다들 한쪽 날개를 잃어버린 철새들이다. 서로 기대고 문대지 않으면 낯선 땅에서 땅내 맡기도 전에 외로워 죽고 말 것이다.

종희 작은오빠가 군대에서 나와 돌아온다. 작은오빠가 와서 보니 집 분위기가 어수선하기 그지없다. 작은오빠가 종희 사촌오빠들을 내보낸다. 외사촌오빠는 병역 문제가 걸려 있어 아예 행방불명이 되어버린다.

한 방에 함께 살았던 육촌오빠가 후배 하나를 데리고 와 종희에게 소개를 해준다. 거의 중매를 하는 눈치이다. 그 후배는 원산 상업 출신으로 정구 선수이다. 농구 선수였던 종희가 그 사람을 모를 리 없다. 원산에서 살 때 집도 가까이 있어 종희네에서 바로 건너다보이던 배밭집 아들이다.

그는 이남에서도 정구 선수로 뛰거나 코치 생활을 해보려고 여기저기 알아보고 있다. 그는 종희를 매일 찾아와 정구를 가르쳐주겠다고 근처 학교 운동장으로 데리고 간다. 정구 코트도 없는 운동장에서 배드민턴 치듯이 정구 볼을 주고받는다. 종희는 정구 배우는 일은 싫지 않지만, 그를 연애 상대 내지는 결혼 상대로 받아들이는 데는 아무래도 시간이 좀 걸릴 것 같다. 어쩌면 영영 인연이 닿지 않을 수도 있다.

작은오빠는 그와 종희가 짧은 반바지를 입고 정구를 치며 히히덕거리는 것이 꼴사나운 모양이다. 한번은 종희가 저녁밥을 지어놓지도 않고 어스름녘에 정구채를 메고 돌아오니 작은오빠가 정구채를 뺏어 바닥에 내리친다. 정구채 목이 댕겅 부러진다.

「당장 브따리 싸!」

「보따리는 왜요?」

「이사를 가야겠어. 여기 있다가는 너 사람 버리겠다」

「정구 치는 게 뭐 어때서요?」

종희도 은근히 부아가 치민다.

「뭇잡놈들이 다 찾아오고 말이야. 우리 가문에서는 용납할 수 없는 일이야」

「뭇잡놈들이라니요? 다 우리 고향 실향민들이에요. 고향 사람이 보고 싶어 찾아오는데 그게 뭐 죄가 되나요?」

「그런 걸 핑계로 뱀뱀이 없이 연애질이나 하려고 그러니까 내가 이러는 거야」

종희는 작은오빠 고집을 아는지라 더 이상 대꾸하지 않기로 한다.

다음날 작은오빠와 종희는 고리짝 하나와 이불 보따리 하나를 달랑 메고 시민회 건물을 나온다. 사람들이 어디로 이사 가느냐고 묻는다. 둘은 동네 이름을 모른다고 대답한다.

제2방송국 옆에 작은오빠가 미리 방을 잡아둔 모양이다. 그 집을 정구 선수가 용케 알아내어 찾아오자 작은오빠는 아예 영도 다리를 건너 청학동으로 들어간다.

그 집은 단독주택으로 방이 두 개 있는데, 한 방은 해군 장교와 부인이 전세를 얻어 신혼 살림을 차리고 있다. 집주인은 따로 다른 곳에 살고 있어 전세 든 사람들이 편한 구석도 있다. 그 집 방을 전세로 얻는 데 종희가 모은 돈이 꽤 들어간다.

사실 종희도 번잡스런 시민회 건물을 나와 이런 단독주택 방을 얻으니 한결 마음이 안정되는 기분이다. 영도 섬 기슭에 자리잡은 집이라 저 아래로 내려다보이는 바다가 원산 바다 못지않게 아름답게 여겨진다. 특히 일출과 일몰

때 바다는 웅장하고 화려하게 변신한다.

보는 방향에 따라 갯수가 달라지는 오륙도도 다른 데서는 찾기 힘든 장관이다. 어떻게 보면 다섯 개요, 어떻게 보면 여섯 개인 섬. 우리나라도 어떻게 보면 두 개요, 어떻게 보면 한 개인 일이국(一二國)이 아닌가.

배다른 남매지간인 작은오빠와 종희도 어떻게 보면 친형제요 어떻게 보면 남이라고도 할 수 있다.

작은오빠는 종희보다 여덟 살이 많은데도 큰오빠와는 달리 동안(童顔)이어서 그런지 사람들이 둘 사이의 나이 차를 그렇게 느끼지 않는 모양이다. 동네 사람들은 종희네가 들어와 살고 있는 집을 가리켜 신혼부부들 집이라고 부른다.

옆방 해군 신혼부부는 밤마다 웃음소리와 교성 소리가 끊이지 않는다. 신부는 잠자리를 할 때는 부끄럼이고 뭐고 다 달아나는지 이웃 생각도 하지 않고 육체의 쾌감을 마음껏 비명으로 표현한다. 해군도 바다가 해안으로 밀려오는 소리를, 스으으으, 내지르기도 한다.

큼직한 이불 하나를 쌍고치같이 함께 덮고 있는 작은오빠와 종희는 옆방의 교성에 당황하여 손으로 슬쩍 귀를 막아보지만 소용이 없다. 아내와 자식들을 원산에 두고 온 지 어언 일 년이 다 되어가는 작은오빠는 그 동안 여자를 경험할 기회를 거의 갖지 못했을 것이다. 옆방 소리를 들을 적마다 아내의 몸을 더욱 떠올릴지도 모른다.

아직 처녀인 종희도 교성 소리에 이상하게 몸이 달아오르는 것을 어찌하지 못한다. 그럴 때는 이쪽으로 돌아누워 작은오빠 몰래 손을 허벅지 안으로 넣어보기도 한다. 작은오빠도 저쪽으로 돌아누워 있는 품이 좀 수상쩍다.

어떤 때는 둘이 자면서 몸부림을 하는 바람에 서로 몸이 엉킬 적도 있다. 한참 그렇게 붙어 자다가 한밤중에 작은오빠가 깨어나 종희를 발로 냅다 차버리곤 한다. 난데없이 얻어맞고 이불 밖으로 쫓겨난 종희는 억울하고 분해서 엉엉 소리내어 울기도 한다.

「큰오빠는 거제도 수용소 나와서 산에서 잘 때 팔베개까지 해주었단 말이에요. 작은오빠는 뭐가 그리 대단하다고 살에 조금만 닿으면 발로 차고 야단이에요. 띠앗머리 없이」

작은오빠가 머쓱한 얼굴로 일어나 앉아 종희 등을 두드려주며 변명한다.

「내가 몸부림을 치면서 발로 찬 모양이지. 아팠으면 사과할게. 내 잠버릇이 나빠서 말이야」

「일부러 찬 거 다 알아요. 내가 다 큰 처녀니까 징그럽다 이거죠? 그럼 따로 살아요」

「혼자 살겠다 이거야? 안 그래도 뭇잡놈들이 널 노리고 있는데」

「언제까지나 오빠가 날 지켜줄 것은 아니잖아요」

「적어도 너 시집갈 때까지는 지켜줘야지. 당금아기 같은 내 동생인데」

「지켜준다면서 발로 차고 그래요?」

「알았다. 이제는 살이 닿아도 발로 안 찰게. 아니면 뚜껑이불이라도 하나 더 만들든지. 하긴 이불 따로 덮어도 우리 둘 다 몸부림이 심해서 말이야, 남의 이불 끌어당겨 덮기 십상일 거야. 허허」

「후후」

종희도 그만 짧게 웃음을 뱉고 만다.

하루는 종희가 퇴근 준비를 하고 있는데 사장이 부른다는 전갈이 온다.

「오늘 저녁 약속 없지? 회사 일로 상의할 일이 있어서 말이야, 같이 저녁이나 하자구」

종희의 대답을 들어보지도 않고 사장이 먼저 앞장선다. 사장은 종희를 광복동 양식집으로 데려간다. 칸막이로 가려진 어둠침침한 구석 테이블에 자리를 잡고 앉아 사장이 구레나룻을 만지작거리며 떠세를 부린다.

「피난 와서 고생 많지? 내가 잘 도와줄 테니까 먹고 사는 문제는 염려 말라구. 우리, 사장이니 직원이니 하는 걸 떠나서 인간 대 인간으로 좋은 관계를 맺어보자구」

〈좋은 관계〉라는 말이 무슨 뜻인지 눈치를 못 챌 종희가 아니다. 사장이 종희 옆자리로 슬그머니 옮겨 앉더니 종희 손을 잡는다. 사장의 손길이 닿자 종희는 속이 갑자기 징

건해진다. 돈까스를 나이프로 썰어 먹었는데도 보리밥을
먹었을 때처럼 토악질이 나오려 한다.

종희가 손을 빼려고 하면 할수록 사장의 악력은 더욱 세
어진다. 종희가 온힘을 다해 사장 손을 뿌리친다. 이번에
는 사장이 아예 종희 어깨를 끌어안으며 입술을 뺏으려고
한다. 종희가 농구 포워드 실력으로 사장 옆구리를 밀어버
린다. 사장이 의자 밖으로 나가떨어진다.

「사장님, 저 먼저 가보겠어요」

종희가 그 순간에도 사장에게 예의를 표하며 보따리를
챙겨들고 양식집을 나온다. 종희는 핸드백 대신 보따리를
싸서 들고 다닌다. 원산에서부터 가지고 온 그 〈사과〉 전
용 보자기에 눈물이 뚝뚝 떨어진다. 종희가 보따리를 들어
올려 눈시울을 훔친다. 보자기 가죽테가 종희 볼을 스치며
거무슥한 줄을 긋는다.

종희가 집으로 돌아와 작은오빠에게 양식집에서 일어난
일을 털어놓는다.

「내가 뭐라 그랬어? 종희 넌 키가 늘씬하고 예쁘기 때문
에 뭇잡놈들이 노린다고 했지? 사장도 별수없는 잡놈이구
먼. 요즘 돈 좀 있는 그런 치들이 이북에서 피난 온 여자
들을 살살 꾀서 첩실로 삼고 있다더만. 남남북녀가 아니라
남남북첩이야」

작은오빠가 짜부라진 백합 담배갑에서 담배를 한 대 꺼

내어 입에 문다. 얼마 동안 방안에 침묵이 흐른다.

「종희 너 내일부터 그 회사 그만둬. 내가 곧 취직될 것 같으니까 넌 집에 있어. 대학 시험 준비를 하든지」

「오빠, 어디에 취직하려고요?」

「6·25 전에 혜순이 데리고 이남으로 나왔던 사촌누나 있잖아. 국민학교 선생 하던」

「지난번에 언니가 시민회 찾아와서 한번 만났잖아요. 대신동에 살고 있다고」

사촌언니도 서울에 살다가 부산으로 피난을 온 셈인데, 종희들과 만났을 때 얼마나 서럽게 울던지. 종희도 언니를 붙안고 목놓아 울고.

「그 누나 남편 작은아버지가 부산에서 양조장을 하거든. 조향이라고. 꽤 유명한 양조장이래. 누나 남편도 거기 근무하는데 나도 와서 일하려면 하래. 아니면, 양조장하고 같이 하고 있는 무역회사에 근무해도 좋다더군」

종희는 작은오빠 말대로 일단 회사를 그만두고 집에서 쉬기로 한다. 직장 생활을 하다가 대입용 책을 보려니 잘 되지 않는다. 대학 입학은 뒤로 미루기로 했으니 다른 직장이 생기면 나갈 작정이다.

종희는 효성 오빠네가 살고 있는 영주동 산비탈 판잣집으로 가본다. 효신 오빠도 그 집에 끼여 살고 있다. 효식 오빠는 지금도 학도병으로 전선에 나가 있다. 효성 오빠

마누라가 종희를 붙들고 원산 사람 소식들을 들려준다.

「종희 아가씨 큰올케 있잖아요. 우리가 원산을 떠나오기 전에 만나봤거든요. 근데, 큰오빠가 처음에는 아이들하고 마누라를 이남으로 데리고 나오려 했다가 남동생이 식구들을 두고 간다는 것을 알고는 자기도 식구들을 두고 가기로 했다면서요」

「작은오빠는 아이들이 워낙 어려서 그랬어요. 큰오빠 아이들은 다 커서 충분히 데리고 나올 수도 있었어요. 하지만 동생이 혼자 나오는데 자기만 식구들 다 데리고 갈 수 없다면서 그 대신 나를 데리고 온 거예요」

「그래도 큰올케 입장에서는 남편이 자기와 애들은 내버려두고 동생들만 데리고 갔다고 여간 서운해하지 않아요. 나를 붙들고, 형님 세상에 이럴 수가 있느냐면서 땅을 치고 대성통곡을 했어요. 얼마나 마음이 아프던지. 그래서 우리가 이남으로 간다는 소리도 못하고 왔어요」

효성 오빠 마누라가 손등으로 눈물을 훔친다. 종희는 자기 때문에 큰올케가 아이들과 함께 원산에 남아 있다는 자책감으로 가슴이 저며지는 듯하다.

저 아래, 슬픔의 용암이 솟구쳐 흘러 세월의 바다 끝에서 굳어버린 금강(金剛) 덩어리들 같은 오륙도가 건너다보인다.

오륙도에 부딪혀 허옇게 부서지는 파도들은 큰올케의 몸

부림같이 여겨진다. 원산 사람, 아니 이북에 고향을 두고 떠나온 모든 피난민들의 몸부림이다. 저런 바다가 아니고는 그 몸부림들을 담아낼 공간이 이 세상에 없다.

타타르인의
참혹한 시절

이광모 감독의 「아름다운 시절」을 관람하고 나서 며칠 후 금강산 관광선 금강호가 떠나는 것을 보았다. 조명등으로 붉게 물든 갑판, 먼 나라의 젊은 피들이 버캐를 이룬 처연한 금강(金剛) 덩어리.

1950년 10월, 한국에 유일하게 남아 있던 타타르인 가족이 인민군에게 붙잡혀 서울에서 평양으로 끌려갔다.

타란튤라 독거미는 암놈이 수놈을 잡아 먹는다. 수놈이 탭댄싱을 하며 암놈에게 구애를 하면 암놈도 탭댄싱을 하여 구애를 받아들인다. 수놈으로서는 처절하게 발을 놀려

마지막 죽음의 무도(舞蹈)를 하는 셈이다.

타란튤라의 독이 사람 몸속에 들어가면 정신착란에 빠지고 우울증에 시달리다가 결국은 사망한다.

「참으로 감격스럽고 서러웠어요. 88올림픽 개막식 때 잠실 종합운동장 관람석에 앉아 있었거든요. 우리 한국 민족이 올림픽을 열게 되었다는 사실은 감격스러웠지만, 우리 아버지 소유였던 벌판 바로 그 자리에 내가 앉아 있다고 생각하니 서럽기도 했어요」

타타르인들은 1920년대 러시아 서부 볼가 강 유역의 타타르 자치공화국 수립을 위해 강제 이주를 당하였다. 그때 이주 정책에 반발하여 수많은 타타르인들이 아예 터키 쪽으로 빠져나가기도 하고, 한국을 거쳐 호주 쪽으로 진출하기도 하였다.

한국으로 나온 타타르인들이 그 한 가족을 제외하고 모두 호주로 떠나간 후에 6·25 전쟁이 발발하였다.

독사를 조심해야 한다. 킹코브라 독니에 물리면 5분 안에 죽고 만다. 코브라에게 물렸을 때는 몸에 있는 모든 피를 갈아주어야 한다.

모든 종교가 갈망하는 완전한 피갈음. 독사에게 물리지

않았다고 안심해서도 안 된다. 검은침코브라는 독을 입으
로 뿜어낸다.

「이 사람을 고등학교 때 만나 연애를 했어요. 미국 사람
이랑 사귀는 양갈보라고 놀림도 많이 받았어요. 이 사람은
엄연히 타타르인인데 눈이 파랗다고 사람들이 미국 사람으
로 보는 거예요」

타타르인 가족은 명동 근처 중국인 거리에서 조그마한
가게를 꾸려나갔다. 6·25 직전에 이북에서 혼자 내려온 청
년을 불쌍히 여겨 점원으로 데리고 있었다. 그런데 인민군
이 서울로 침공해 오자 그 청년이 자기가 가게를 차지하려
고 타타르인 가족을 미국 첩자로 고발해 버렸다.
몽골족의 피와 다른 민족의 피가 두루 섞여 건장한 서구
형 얼굴을 하고 있는 타타르인 가족은 언어도 잘 통하지
않는 가운데 첩자로 몰려 미아리 고개를 넘어갔다.

흐늘흐늘한 해파리들도 독을 가지고 있다. 숲뿌리해파리
는 무수한 독침을 가지고 다른 해파리들을 먹고 산다. 전
기해파리, 달해파리, 맹독성 붉은해파리, 애기백관해파
리……
갖가지 해파리들이 국어사전의 낱말들을 하나씩 머리에

이고 바다를 부유(浮游)한다. 부유(富裕)한 낱말의 바다.

「길을 같이 걸을 때도 이 사람과 몇 걸음 떨어져서 걸어 갔어요. 이 사람은 내가 잘 따라오나 안 오나 힐끔힐끔 돌아보고」

타타르긴 가족은 부부와 아이들 셋, 모두 다섯이었다. 아이들은 여덟 살, 다섯 살, 한 살짜리 들이었다.

샥크(shark), 샥크. 세상의 말들 중에서 사람들이 가장 민감하게 반응하는 낱말은 바로 샥크이다. 무자비한 절단 음이다. 하지만 융단상어, 보모상어, 명주상어 같은 명칭 은 샥크답지 않은 이름이다.

보모상어는 바다 밑바닥에서 주로 잠을 자면서 간혹 깨어나 모래 속에 숨은 물고기와 대합들을 먹는다. 명주상어 는 꼬리를 비트는 즉시 몸이 마비되어 버린다.

15미터 길이에 20톤 무게인 고래상어는 세상에서 가장 큰 물고기이면서도 세상에서 가장 작은 플랑크톤을 먹고 산다. 그래서 그런지 세상에서 가장 순한 짐승이다.

빨판상어가 고래상어 등에 붙어다닌다. 빨판 인생들도 대개 순한 사람들 등에 붙어 산다.

미군들이 일본에서 공수되어 부산 지역에 투하되었다. 많은 미군들이 낙하산으로 내리다가 잘못하여 낙동강 저 건너편에 착지하였다. 상어의 아가리 속으로 내려앉은 셈이었다. 그들은 낙하산을 거두기도 전에 인민군들에게 사로잡혀 포로가 되었다.

타타르인 가족은 평양에서 한 달 정도 있다가 만포까지는 기차에 실려 갔다. 기차 앞칸에는 미군 포로들이 가득 실려 있었다.

우주비행사 모리가 우주선에서 현미경을 들여다보고 있다가 문득 고개를 들어 지구를 바라보았다. 지구가 한 개의 세포처럼 보였다. 인간의 세포 하나가 형성되는 데 20억 년의 세월이 걸렸다.

「미국에 흩어져 있는 타타르인들이 해마다 한번씩 모임을 가집니다. 갖가지 사연을 안고 미국으로 온 사람들이죠. 저희는 딸 하나를 낳았지요」

타타르인 가족은 만포 시골 구석에 두어 달 있다가 다시 중강진으로 이송되었다. 중강진으로 올라갈 때는 살을 에는 추운 날씨 속에 걸어서 가야만 하였다. 국군 포로, 미군 포로, 다른 유엔군 포로, 민간인 포로 들이 뒤섞인 긴 행렬이 끝도 없이 이어졌다.

민간인은 65명 가량이고 군인은 840명 정도 되었다. 미국인 목사, 수녀들도 있었다. 인민군과 미군 포로들은 한국어를 유창하게 구사하는 미국인 목사를 통역으로 삼아 말을 주고받았다.

진화론에서는 파카이아가 인간의 시조로 추정된다. 피카이아는 가시도 없고 눈도 이도 없고 지느러미도 없는 약하디약한 생물이다. 피카이아가 물고기로, 물고기가 도롱뇽으로, 도롱뇽이 인간으로 변하는 모든 진화 과정의 화두는 등뼈이다.

하지만 우주 공간에서는 등뼈가 별로 필요없다. 붙면 날아갈 것 같은 피카이아가 되어 인간들이 우주 여행을 한다. 피카이아는 그대로 인간의 투명한 영혼이다.

만포에서 중강진으로 가는 도보 행군 첫날 밤, 포로들은 앙상하게 줄기간 남은 옥수수 밭에서 잤다. 다음날도, 그 다음날도 옥수수 밭에서 잤다. 타타르인 가족은 서로 부둥켜안고 체온을 나누며 어둠과 추위를 견디었다.

식사는 날옥수수, 조, 수수 따위로 한 끼 정도만 배급되었다. 미군들은 그것들을 먹을 수 없어 허기와 혹한으로 하나씩 병들어 쓰러져 갔다.

  2억2천5백만 년 전에 나타난 초식공룡 바조사우루스는 수시로 돌멩이들을 삼켰다. 20미터에 달하는 긴 목을 들어 그만한 높이의 나무 꼭대기에서 양치류 잎들을 따먹기 위해서는 머리가 크지 않아야만 하였다.
  머리가 크지 않으려면 어금니가 발달되면 안 되었다. 그래서 뱃속으로 돌멩이들을 집어넣어 어금니 역할을 하도록 하였다. 20미터를 굴러떨어지는 돌멩이들의 낙하. 공룡은 집어삼킬 돌멩이들이 없어 멸종되었다(?).

  「그때, 그러니까 88올림픽 때 우리 딸도 한국에 왔는데 한국에서 일하고 싶다고 했어요. 한국말은 내가 잘 가르치지 못했어요」

  새벽 행군이 시작되었을 때, 미군 장교가 목사의 통역으로 인민군에게 호소하였다.
  「지금 미군 여섯 명이 병이 들어 도저히 걸을 수가 없다. 그들을 길가에 버려두고 가도 되겠느냐?」
  인민군이 병든 미군들의 상태를 살펴보고 허락해 주었다. 그 여섯 명은 지나가는 트럭에라도 발견되지 않으면 얼어죽고 말 것이다.

코끼리들이 강을 건넌다. 젊은 코끼리 한 마리가 강을 무서워하여 건너지 못하고 그대로 남아 있다. 강을 다 건넌 코끼리들이 뒤를 돌아다본다. 아직 강을 건너지 못한 코끼리가 코를 치켜들며 울음을 운다. 코끼리들이 다시 강을 건너 젊은 코끼리 쪽으로 온다. 모든 코끼리들이 당분간 강 건너기를 연기한다.

코끼리떼는 항상 암코끼리가 선두에 선다. 코끼리들은 코끼리 해골을 만나면 코로 물을 떠 와서 씻어 준다. 상아 해골은 발로 밟아 모조리 부수어 버린다. 코끼리들은 인간들이 상아를 가져감으로 동료의 시체를 모독하리라는 것을 알고 있다.

인간들이 쌓은 상아탑은 코끼리 발에 밟혀 부서져야 한다.

「모두 멈춰라. 인원 점검을 하겠다」

아침 11시쯤, 인민군 소좌가 포로들의 수를 세기 시작했다.

「여섯 명이 모자라잖아. 이것들이 도망을 쳐?」

미군 장교가 목사를 내세워 변명하였다.

「너희 인민군이 허락을 해주어 병든 여섯 명을 놓아두고 왔다」

「누가 허락을 해주었다고 그러는가. 바로 네놈이 여섯 명을 도망가게 했구먼」

　미군 장교는 그 일을 허락해준 인민군을 찾아 두리번거렸으나 눈에 띄지 않았다. 한국말을 잘 하는 목사가 좀더 구체적으로 설명을 해줄 수도 있으련만 소좌 눈치를 보며 더 이상은 말하지 않았다. 자기도 공범으로 몰릴까 두려워하고 있음에 틀림없었다.

　왕뱀은 일 년에 서너 차례 허물을 벗는다. 방울뱀은 쥐를 잡아먹지만 왕뱀은 독사를 잡아먹는다. 뱀들은 몸에 상처가 있으면 더욱 자주 허물을 벗는다. 상처 난 진피를 속히 표피로 바꾸어 벗어버린다. 깊은 상처라 하더라도 표피로 끌어올려 빨리 벗어버려야 한다.

　「저희 딸은 미국에서 제법 유명한 모델이 되었어요. 한국으로 와서 연예계 쪽으로 진출하고 싶어하거든요. 길만 열리면 한국말도 열심히 배우도록 해야겠죠」

　소좌가 포로들을 모두 근처 야산으로 끌고 올라갔다.
　「이 간나새끼들 본때를 보여줘야겠어. 도망을 치든지 도망을 치게 하든지 그 말로가 어떤지 똑똑히 보여주겠어」
　붉은 천으로 미군 장교의 눈을 가리고 소좌가 그의 관자놀이에 권총을 겨누었다.
　퍽.

미군 장교의 두개골이 뚫리며 뇌가 터지는 소리가 났다. 미군 장교는 뭔가 말을 하려고 입을 벌리려다 빈 자루처럼 풀썩 고꾸라졌다.

「이제부터는 걷지 못하면 그 즉시 총살이다!」

소좌의 카랑진 목소리가 야산 등성이에 울려퍼졌다. 포로들은 공포에 파랗게 얼어버린 얼굴들이다.

연어가 1만2천 킬로미터 물길을 거슬러 올라온다. 계곡을 타고 넘으려고 뛰어오르다가 그만 쩍 벌리고 있는 곰의 입속으로 들어간다. 원래는 곰의 입속으로 들어가기 위해 물길을 거슬러온 것이 아니다.

수컷 연어는 죽기 전에 정자액을 토해내려고 먼길을 달려온 것이다. 수컷은 종착역에 가까워올수록 몸 전체가 붉은색으로 변한다. 껍질도 뱀의 허물처럼 벗겨진다. 연어는 자기 껍질을 마지막 영양으로 섭취한다.

수컷 한 마리의 정자액에 암컷은 1천 개의 알을 낳아 담근다. 수컷은 기진해서 죽고 암컷은 돌아갈 길이 너무 멀어 죽는다. 배부른 곰은 연어의 껍질만 살짝 발라 먹고 살은 버린다.

「선생님이 한국에서 제일 유명한 성형외과 의사라고 들었어요. 저희 딸이 성형을 하려고 이렇게 만나자고 한 것

은 아니고요. 그 애는 사실 미국에서 고칠 것은 다 고쳤어
요. 선생님을 만나자고 한 것은요」

흐린 하늘에서 눈발이 날리기 시작했다. 미군 장교의 시
체 위에 눈송이가 조화(弔花)처럼 하나 둘 떨어졌다. 눈송
이가, 아직도 따뜻한 붉은 피에 떨어져 녹고 있었다. 아
니, 하얀 눈송이들이 순식간에 붉게 물들고 있었다.
　하루가 지나도 눈은 그칠 줄 몰랐다. 더욱 노를 드리우
며 쏟아져내렸다. 시야에 들어오는 산과 들판, 집과 사람
들이 하얗게 도말(塗抹)되었다. 야산에 누워 있는 미군 장
교 시체도 이제는 눈더미에 완전히 묻혀 보이지 않았다.
　하얀 모래의 무덤. 그 무덤 위에 하얀 나비들이 날고
있다.

　세상에서 가장 아름답고 가장 큰 나비는 알렉산더비단나
비이다. 세상에서 가장 희귀한 나비는 파라다이스비단나비
이다. 태어난 그대로 절대 자라지 않는 나비는 율리시즈나
비이다.
　나비 번데기 틈이 갈라질 무렵 번데기를 그물망 속에 집
어넣는다. 나비는 번데기를 깨치고 나오는 순간부터 그물
속에 갇혀 채집된다.
　인간도 어머니 자궁을 깨치고 나오는 순간부터 신이 쳐

놓은 그물 속에 갇혀 채집된다. 잘못〔非〕을 저지르고 그물
〔罔〕에 갇혀 있는 형용이 죄〔罪〕이다.

「선생님이 연예계 사람들을 잘 아신다는 소문이 있어서
요. 선생님 병원이 탤런트 지정 성형외과라면서요?」

포로들은 민간인 군인 할 것 없이 잡혀올 때 입고 있던
여름 옷차림 그대로였다. 신발들은 밑바닥이 닳아 없어진
지 오래였다. 포로들은 아예 맨발로 걷기도 하고 헝겊으로
발을 묶어 걷기도 하였다. 동상으로 얼어버린 발은 이미
감각을 잃은 상태였다.

모아비 사막에는 사이드와인드뱀이 산다. 이름 그대로
옆으로만 물결치듯이 움직인다. 사람들이 오토바이를 타고
사막을 질주하는 바람에 엔진 소음으로 사이드와인드뱀은
귀가 먹은 지 오래이다.
뱀이 귀가 먹으면 용이 된다. 캥거루쥐도 오토바이 소음
으로 귀가 먹었다. 캥거루쥐는 자기가 숨어 있는 나무 구
멍을 올빼미가 파고 들어와도 그 소리를 듣지 못한다.
땅에 기는 모든 것의 귀를 먹게 하고 사막을 달리는 오
토바이. 도시의 폭주족들은 시민들의 귀를 먹게 한다.
사막에서 샘솟는 웅덩이는 염분이 바다보다 6배나 많이

녹아 있다. 염도가 무려 35도나 된다. 그 짜디짠 뜨거운 소
금물 속에서도 사막 송사리들은 유유히 지느러미를 흔들며
유영한다.

「모델 쪽으로도 좋구요. 탤런트 쪽으로도 좋구요. 한국
에서는 시에프(CF)에 먼저 나가는 것이 뜨는 데 효과적이
라면서요?」

　군인 포로들이 맨 앞에 서서 행군하고 그 뒤를 민간인
포로들이 따르고, 50미터 정도의 거리를 두고 인민군들이
따라왔다. 인민군이 앞으로 달려올 때는 포로들 가운데 낙
오자가 생긴 경우가 대부분이었다.
　도저히 걸을 수 없는 낙오자가 길가에 주저앉으면 인민
군이 달려오기도 전에 근처 포로들이 먼저 낙오자에게 달
려들어 옷들을 벗겨 갔다. 팬티까지 벗겨 갔다. 낙오자가
신발을 신고 있기라도 하면 신발을 빼앗기 위해 포로들 사
이에 혈투가 벌어지기도 하였다.
　인민군이 권총을 꼬나들고 달려왔을 때는 이미 낙오자가
벌거숭이가 되어 있었다.

　입을 다물어 이빨이 보이지 않는 악어를 크로코다일이라
하고 이빨이 보이는 악어를 크로코엘리게이터라고 한다.

엘리게이터는 풀더미에 알들을 낳는다. 주변 온도가 높으면 수컷들이 태어나고 온도가 낮으면 암컷들이 태어난다. 응달진 곳을 음지(陰地)라고 하는 이유가 여기서 더욱 뚜렷해진다.

어미 엘리게이터가 풀더미를 흩어 울고 있는 새끼들을 꺼내어 입속에 가득 집어넣는다. 웅덩이로 기어가 입속에 든 새끼들을 뱉어놓는다. 40마리쯤 되는 새끼들이 큰 올챙이들처럼 돌아다닌다.

삼색백로가 웅덩이로 다가와 새끼 엘리게이터들을 늘름늘름 집어먹는다. 어미 엘리게이터가 종종 순찰을 돌지만 날쌘 백로들을 제대로 막지 못한다. 아무리 어미가 이빨을 보이며 온 세상을 위협해도 새끼 엘리게이터들 중에 단지 1퍼센트 정도만 살아남는다.

「딸애 사진은 여기 있어요. 뭐냐? 사진들을 여러 장 모아 이력서처럼 제출하는 앨범, 아참, 포트폴리오 그것도 필요하시다면 여기 있어요」

인민군은 벌거숭이 낙오자의 머리에 권총부리를 대고 가차없이 방아쇠를 당겼다. 피가 사방으로 튀었다. 인민군이 낙오자의 시체를 발길로 차버렸다. 낙오자의 시체는 등성이를 타고 수십 미터를 굴러 떨어졌다. 하얀 눈밭에 붉은 피로 굵은 줄을 그으며 곤두박질 쳤다.

　나중에는 눈덩이가 굴러내려가는지 시체가 굴러내려가는지 구분을 할 수 없게 되었다. 시체는 골짜기 밑바닥에 하나의 눈사람으로 서 있었다.

　하얀 등신불. 봄이 올 때까지.

　보니헤디드상어는 태어나자마자 어미로부터 쏜살같이 달아나기에 바쁘다. 어미가 자기를 잡아먹으리라는 것을 본능적으로 잘 알고 있기 때문이다.

　그런데 킹코브라는 그 반대이다. 갈잎을 모아 알을 낳고 갈잎더미 속으로 들어가 머리를 내밀고 알들을 지킨다. 알을 노리는 오소리 같은 침입자가 접근하면 온 힘을 다해 물리친다. 사람이 막대기로 치면 갈잎더미에서 빠져나가 조금 떨어진 곳에서 여전히 이쪽을 지켜본다. 사람이 가면 다시 갈잎더미로 들어가 알들을 지킨다.

　그러다가 알들이 부화되기 한 달 전쯤이 되면 어미 킹코브라는 슬그머니 갈잎더미를 떠나간다. 그것은 새끼도 잡아먹을 수 있는 자신의 성질을 잘 알고 있기 때문이다.

　새끼들은 스스로 알을 입으로 깨고 나와 일단 나무로 기어오른다. 잘못하여 물가로 내려간 새끼 코브라는 악어의 간식거리가 된다.

「타타르인의 이주사는 우리 시어머님이 잘 알고 계시죠. 아직도 기억력이 대단하세요. 일 년에 한번씩 모이는 타타르 교민회에 가보아도 타타르 노인들은 치매하고는 상관이 없는 것 같아요」

인민군이 머리에 총을 쏘기도 전에 낙오자가 먼저 얼어죽는 경우가 더 많았다. 걷지 않고 주저앉았다 하면 순식간에 옷과 신들을 빼앗기고 벌거숭이가 되어 무시무시한 추위 속에 10분도 안 되어 얼어죽기 십상이었다. 살기 위해서는 무조건 걸어야만 하였다.

옥수수 밭에서 자다가 새벽에 일어나면 밤 사이에 얼어죽은 시체가 보통 대여섯 구는 넘었다. 그 시체들도 언제 사람들이 옷을 벗겨 갔는지 벌거숭이가 되어 있었다. 미군 시체는 그 허연 피부로 인하여 가죽이 홀랑 벗겨진 짐승을 연상시켰다.

걷지 않는 밤은 죽음의 끈끈이주걱이다.

남미의 로라이마 고원지대는 무기물이 부족하여 식물들이 동물을 잡아먹고 산다. 주머니잎 통발은 더듬이처럼 물 밑을 더듬으며 입을 벌려 곤충을 빨아들인다. 딱딱한 곤충도 2시간 만에 다 소화해 낸다.

로라이마 끈끈이주걱은 180도 회전이 가능하여 어떤 방

향에서건 곤충을 잡아먹을 수 있다. 한 발이라도 끈끈이에
붙으면 결코 빠져나갈 수 없다.

「출판사도 차리셨다구요? 좋은 문화 사업에 투자하시는
군요. 내가 타타르인 남편에게 시집와서 미국에서 어떻게
인종 차별을 딛고 성공할 수 있었는가 하는 것도 책이 될
수 있을까요? 사실 재미있는 이야기가 많아요. 하지만 오
늘은 딸 문제로 부탁드리러 왔으니까」

　포로들이 가파른 산을 오를 때는 1시간 30분 정도 행군
을 시키다가 5분씩 쉬게 하였다. 그때는 잠깐 앉아 있을
수 있었다. 쉬는 시간이 끝났는데도 일어나지 못하면 즉시
로 벌거숭이가 되어 골짜기로 굴러떨어지고 말았다. 앉고
서는 순간이 생사의 갈림길이었다.
　하루는 150리나 걸었다고 배급을 두 번 주기도 하였다.
타타르인 가족은 낙오자 한 사람 없이 산을 넘고 들을 건넜
다. 다섯 살 남자애까지 발에 헝겊을 친친 감고 타박타박
걸어서 갔다. 세 살 터울인 형의 손을 잡기도 하고 아버지
손을 잡기도 하면서 칭얼대지도 않고 걷고 또 걸었다.

　먼 옛날 보르테 티노(푸른 이리) 한 마리가 엘르게네콘
동굴을 나와 코아이 마랄(숲의 암사슴)을 만났다. 둘은 바

이칼 호를 끼고 힘껏 초원을 달려 오논 강에 이르렀다. 오논 강을 거슬러올라가 부르칸 칼둔 영산(靈山) 꼭대기에서 둘은 몸을 합하였다. 그리고 사랑스런 아들 바타치칸을 낳았다. 바타치칸이 바로 몽골족의 시조였다.

「몽골족 하면 한국 사람을 닮은 동양적인 그런 얼굴을 떠올리지만 칭기즈칸은 오히려 우리 남편 얼굴을 더 닮았을 거예요. 칭기즈칸이 푸른 고양이 눈을 하고 있었다는 기록도 있어요」

호랑이 별명을 가진 인민군 소좌가 행군을 멈추게 하고 인원 점검을 하였다.
「61명 죽고 842명이 되어야 하는데 왜 841명뿐이야? 한 사람 모자라잖아」
소좌가 신경질을 부리며 다시 점검을 하였다. 두세 번 점검을 하여도 여전히 한 명이 모자랐다.
「한번만 더 세보지요」
인민군 부하들이 당황해하며 다시 사람들 수를 세기 시작했다.
「어, 이번에는 842명, 맞는데요」
「어떻게 된 거야? 세번씩이나 세어도 한 명 모자랐는데. 한 명이 도망을 쳤다가 다시 온 것도 아닐 테고」

타타르 여자가 한 살짜리 갓난아기를 품에 안은 채 소좌 앞으로 나갔다.

「이 아이 때문에……」

타타르 여자가, 인민군이 세번째 인원 점검까지는 갓난 아기를 세지 않았다가 네번째는 세어서 그렇게 된 모양이라고, 서투른 한국말로 설명을 해보려 하였지만 잘되지 않았다.

「너희들 갓난애 가지고 장난쳤지? 한 명 도망가게 하려고 말이야. 이 반동 간나새끼들. 다 죽여버릴 거야」

인민군 소좌가 타타르인 가족을 행렬에서 나오게 하여 길가에 세웠다.

칭기즈칸 조상들과 타타르 조상들은 원래 같은 몽골족으로 한 핏줄이었다. 칭기즈칸 조상들은 북쪽 오논 강가에서 살고, 타타르 조상들은 남쪽 케룰렌 강가에서 살면서 서로 사이좋게 지냈다.

그러다가 칭기즈칸 조상인 카불칸이 병든 의동생을 치료하려고 타타르 무당을 불렀다. 무당의 주술도 효과를 보지 못하고 의동생이 죽자, 카불칸은 무당이 저주의 주술을 했다면서 사람을 시켜 무당을 죽여버렸다.

그 이후로 칭기즈칸 조상들과 타타르 조상들이 서로 싸우게 되었다.

「타타르인들이 칭기즈칸 아버지 예스게이를 독살했다고 하는데 그건 거짓말이에요. 예스게이를 독살한 자들이 타 타르인들에게 죄를 뒤집어씌우려고 그런 이야기를 지어낸 거예요. 칭기즈칸이 타타르를 점령한 이후로 타타르인들은 칭기즈칸 후손들과 혼인도 하고 옛날처럼 한데 어울리게 되었어요. 그러다가 러시아인들까지 쳐들어와서 피가 더욱 섞이게 된 거죠. 아무튼 우리 남편은 칭기즈칸 후예임에 틀림없어요」

타타르 부부가 두 손을 싹싹 비비며 인민군 소좌에게 애 원하였다.
「아닙니다. 그게 아닙니다. 살려주세요」
하지만 소좌는 아랑곳하지 않았다. 타타르 부부가 미국 인 목사를 바라보며 잘 설명해 달라고 눈빛으로 호소하여 도 목사는 모른 체하였다.
「다 갈겨버려!」
소좌가 부하들에게 소리쳤다.

숫사자가 새로운 무리 속으로 들어가 왕좌를 차지하면 이전 숫사자 우두머리의 새끼들을 하나씩 물어 다 죽여버 린다. 새끼의 어미는 조금도 대항하지 못하고 지켜볼 뿐이 다. 새끼들이 다 없어져야 어미가 숫사자를 받아들일 수 있다는 사실을 사자왕은 잘 알고 있다.

새끼들을 다 죽이고 나서 숫사자가 암사자에게로 다가간다. 암사자는 20분마다 숫사자를 받아들인다. 두세 마리의 새끼를 얻기 위해 암사자는 수천 번 교합을 한다. 인간도 어떤 때는 자식 하나를 얻기 위해 수백 번 성교를 한다.

세계에서 제일 큰 곰인 코디악 암곰은 수곰과 해마다 교미하지 않는다. 5년 가량을 한 주기로 하여 교미한다. 자식들을 다 키우고 나서 그때야 비로소 교미한다. 곰이 미련하다니.

「미인대회에 나가는 것도 연예계에 진출하는 데 좋은 방법이 되겠네요. 근데 우리 딸도 미인대회에 나갈 수 있겠어요? 교민 자격으로 말이에요. 엄마는 한국인이고 아버지는 타타르인인데 교민이라 할 수 있나요?」

인민군들이 총을 들어 타타르 가족을 겨누었다. 여덟 살 아이와 다섯 살 아이가 겁에 질려 입을 벌린 채 크고 푸른 두 눈을 치켜뜨고 있었다. 타타르 여자는 갓난아기를 더욱 품속으로 집어넣고, 남자는 가족들을 다 끌어안을 듯이 두 팔을 벌리며 무릎을 꿇었다.

「알 알이슬람, 알 알이슬람, 알라여! 저희를 구하소서!」

알라신을 믿는 남자들은 죽어서 낙원에 들어가면 먼저 비단 옷을 입게 된다. 비단 옷을 입고 앉아 있으면 두 눈이 말할 수 없이 아름다운 여자가 다가온다. 남자는 지상에서 단식을 한 날수와 선한 일을 한 횟수만큼 그 여자와 몸을 합할 수 있다.

그 여자는 태초부터 낙원에 살고 있는 영원한 처녀이다. 낙원으로 오는 남자들을 다 받아 끝도 없이 잠자리를 해도 여전히 처녀이다. 마리아가 예수를 낳아도 여전히 처녀막이 터지지 않은 성처녀인 것처럼. 낙원에서는 그 여자를 〈자우자 마타하라〉라고 부른다. 청순한 아내라는 뜻이다.

「물론 우리 딸은 결혼하지 않은 처녀예요. 좋은 한국 청년 있으면 선생님이 좀 중매해 주세요. 여보, 우리 딸이 한국 사람이랑 결혼해도 괜찮겠죠?」

난데없이 지프 한 대가 달려오더니 멈춰섰다. 소좌가 지프를 향하여 부동자세로 경례를 붙였다. 지프에는 대좌 계급장을 단 인민군 장교가 타고 있었다.

「이 사람들 뭐야?」

대좌가 길가에 나와 서 있는 타타르인 가족을 가리키며 목쉰 소리로 급히 물었다.

「도망가려는 포로들입니다」

타타르 부부가 대좌를 향하여, 그게 아니라고 손사래를
쳤다.
「아이들도 있는데 함부로 죽이지 마!」
대좌가 한마디 던지고는 다시 지프를 타고 달려갔다.
「네!」
소좌가 지프 꽁무니에다 대고 힘차게 대답했다.
〈자우자 마타하라〉가 남자를 맞으려고 준비하다가 가만
히 돌아섰다.

흰꼬리사슴 새끼는 몸 냄새가 없다. 자연에서 몸 냄새가
없다는 것은 자기를 보호하는 최상의 비결이다. 카멜레온
의 보호색보다도 더 안전한 비결이다.
인간도 이념(ideology)의 냄새가 없어야 오랫동안 자기를
보호할 수 있다.
주머니쥐는 두 눈을 한꺼번에 깜박거리지 않는다. 한쪽
씩만 윙크하듯 깜박거린다. 한쪽 눈이 감길 때는 다른 쪽
눈은 떠 있다는 말이다. 결코 한순간도 방심할 수 없다.

「하긴 저희 딸이 연예계로 진출한다고 해도 한국 사회에
제대로 적응하고 연예계에서 살아남을지 걱정이에요. 한국
사회, 특히 연예계는 실력만으로 되는 것이 아니라 워낙
다른 것들이 많이 작용한다는 소문이 있어서」

　　스무 살이 채 안 되어 보이는 앳된 미군 하나가 날옥수수를 배급받을 때 옥수수를 모자 밑에 슬쩍 숨겼다. 그러고는 아직 배급을 받지 않은 것처럼 다시 옥수수를 타려 하였다. 인민군이 다가와 미군의 모자를 들추어 옥수수를 찾아내었다.

　　「이 간나새끼, 혼자만 처먹으려고」

　　인민군들이 우르르 달려들어 개머리판으로 미군을 마구 짓찧었다. 미군이 비명을 지르다가 까무라쳤다. 미군이 정말 죽었는지 확인도 해보지 않고 인민군들이 미군을 발길로 차서 골짜기 아래로 밀어뜨렸다.

　　하이에나는 먹이가 많은 계절에는 암컷들을 낳아 큰 무리를 이루며 모계 사회를 강화한다. 하지만 먹이가 부족한 계절에는 수컷들을 낳아 하나씩 독립시켜 떠나가도록 함으로써 먹이 문제를 해결한다.

　　「저희 딸 속에도 한국인의 끈기와 타타르인의 강인함이 있을 테니까 여건만 주어진다면 잘 헤쳐나가겠지요. 사실 미국에서 모델 활동을 하고는 있지만 거기서는 아무래도 한계가 있잖아요. 미국 사회도 알고 보면 얼마나 벽이 많아요?」

인민군들이 행군 도중이나 쉬는 시간에 포로들에게 노래
를 가르쳤다.
「임화 선생 작사, 김순남 선생 작곡, 인민항쟁가를 부
른다!」

　원수와 더불어 싸워서 죽은
　우리의 죽음을 슬퍼 말아라
　동무여 잘 가거라 원한의 길을
　복수의 끓는 피 용솟음친다!

포로들은 노래를 웅얼거리며 무거운 발걸음을 떼어놓았
다. 원수에 대한 복수의 끓는 피 따위는 한방울도 몸속에
남아 있지 않았다. 포로들에게서 복수의 피가 용솟음치면
오히려 자기들에게 해가 될 텐데도 인민군들은 목소리가
작다고 포로들을 윽박질렀다.
「이것들 봐라! 인민항쟁가답게 기운차게 불러! 밥도 안
먹었나?」
사실 밥을 먹어본 때가 언제인지 까마득하기만 하였다.
하루에 날옥수수 한 개만 먹고 어떻게 노래를 힘차게 부를
수 있단 말인가.

꼬마물떼새는 알들이 들어 있는 둥지로 뱀이나 다른 동

물이 접근하면 자기가 먼저 둥지에서 땅으로 떨어져 크게
다친 것처럼 퍼덕거린다. 침입자의 관심을 자기에게로 돌
려 알들을 보호하려는 것이다.

　자기가 상처 난 것처럼 보이도록 하여 새끼를 보호하려
는 의상(擬傷) 본능은 이 땅의 모든 아버지들에게 있다. 예
수의 십자가 상처도 신의 저주로부터 인간들을 보호하려는
의상(擬傷)이다. 이런 의상(擬傷)은 사실 진상(眞傷)이다.

　「한국이 애 아빠에게 준 시련은 말로 다할 수 없죠. 동
족끼리의 전쟁에 왜 타타르인이 그토록 고난을 받아야 했
죠? 한국 사회가 저희 딸에게라도 보상을 톡톡히 해주어야
해요」

　날이 어둑어둑해졌다. 기온이 조금 올라갔는지 길에 쌓
인 눈들이 녹아 얼음과 흙물이 섞여 질퍽거렸다. 걸어가기
가 여간 힘든 것이 아니었다.

　나이가 들어 보이는 미군 하나가 행렬 한가운데 스르르
주저앉았다. 길가로 나가 주저앉으면 인민군이 금방 달려
와 총살을 할 것이 틀림없으므로 조금이라도 시간을 벌기
위해 그는 그 자리에 퍼더버리고 앉은 것이다. 그러고는
포로들이 달려들기 전에 자기가 먼저 옷과 신발을 벗어 포
로들에게 건네주었다.

그는 알몸이 되어 길복판에 앉아 흑인 영가를 부르기 시
작했다.

　　그 누가 나의 괴롬 알며
　　또 나의 슬픔 알까

포로들은 애절한 곡조의 노래를 들어도 무덤덤한 표정으
로 그의 옆을 지나갈 뿐이었다. 고개를 푹 숙이고 지나가
는 포로의 행렬은 그 미군의 장례식 행렬 같기도 하였다.

1989년 7월 8일 미국 테네시 주 멤피스에서 이블린 페이
지라는 산모가 총격을 받았다. 총알은 산모의 배를 뚫고
자궁을 뚫고 태아의 가슴에 박혔다.
　제왕절개로 아기를 꺼낸 의사들은 곧바로 아기의 가슴에
서 총알을 제거하는 수술을 하였다. 여아인 갓난아기는 다
행히 건강하게 자라났다.

「딸아이는 어릴 적부터 끼가 좀 있었어요. 노래도 곧잘
하고 춤도 잘 추고. 다섯 살 때인가 말잔등에 올려놓으니
겁도 내지 않고 말고삐를 잡고 끄덕끄덕 돌아다녔어요. 딸
애에게 타타르족의 피가 흐르고 있다는 걸 그때 새삼 느꼈
어요」

　포로들이 그 미군 곁을 다 지나가자 그는 그대로 드러나고 말았다. 혼자만 오도카니 길에 남은 그를 인민군들이 발견하고 뒤쪽에서 달려왔다. 맞은편에서는 인민군 트럭 하나가 급하게 달려왔다. 트럭이 달려와도 그는 피할 생각을 하지 않았다. 트럭도 그를 봤는지 못 봤는지 곧장 달려왔다.

　트럭이 그를 깔아뭉개며 지나갔다. 두개골이 으깨지고 창자가 터져 흘렀다. 어스름이 차츰 어둠으로 변하여 그의 참혹한 시신을 덮어주었다.

　레오바트라쿠스개구리들이 사라졌다. 그 개구리들은 1984년 호주 퀸즐랜드 브리스베인 북쪽 1킬로미터에 있는 국립공원에서 처음으로 발견되었다. 그것들은 낳은 알을 집어삼켜 위 속에서 부화시킨 뒤 새끼를 입 밖으로 토해내었다. 척추동물 중에 그런 동물은 아직까지 존재하지 않았다. 학자들은 흥분하여 근사한 학명을 붙여주었다.

　새끼를 아래로 출산하지 않고 입으로 토해내다니. 어미가 토해내기보다 새끼들이 스스로 튀어나왔는지도 몰랐다.

　하지만 그 신화적인 개구리들은 2년 만에 지구상에서 감쪽같이 자취를 감췄다. 먼 우주에서 잠시 지구를 들렀다 간 것처럼.

「스타라는 것이 대개 그렇듯이 잠시 반짝하다가 사라지면 무슨 소용이에요? 우리 딸은 그렇게 되지 않았으면 해요. 아이구, 내가 김칫국부터 마시네요. 스타 근처에도 아직 못 갔으면서」

인민군들은 미국 비행기가 떴다 하면 평소에 사납던 모습은 어디 가고 숨을 곳을 찾기 위해 허둥대었다. 어떤 인민군은 미국인 수녀 치마 속으로 들어가 숨기도 하였다. 수녀는 너그럽게도 공습이 지나가기까지 인민군을 자기 치마 속에 담아두었다.

그것을 본 인민군들은 공습이 개시되었다 하면 수녀뿐만 아니라 민간인 여자들 치마 속을 파고들기 일쑤였다. 타타르 여자 치마 속도 예외가 아니었다.

플루벤디드물고기 수컷들은 물 밑바닥에 모래성을 예쁘게 쌓아 암컷에게 구애를 한다. 암컷은 알을 낳아 입에 삼키고 수컷의 정액도 입에 넣는다.

어느 수컷 새는 두 마리가 한 팀을 이루어 8년 가까이 춤을 연습하고 노래를 연습한다. 연습을 마친 수컷 두 마리는 드디어 암컷에게 다가가 그 동안 쌓은 실력을 뽐낸다. 암컷은 둘 중에서 한 마리 수컷을 선택한다.

「이 이는 그러니까 그때 다섯 살이었지요. 다섯 살 때 일이지만 다 기억을 하고 있어요. 아마 기억을 되씹고 되씹고 해서 그럴 거예요」

포로들은 끝도 없이 걷고 걸어 마침내 중강진에 도착하였다. 중강진은 북한에서 가장 춥기로 유명한 곳이었다. 중강진 시골 구석에 수용된 포로들은 비로소 잡곡밥을 배급받을 수 있었다.

담배도 사흘에 한번 정도 배급되었다. 담배를 피우지 않는 미국인 목사 같은 사람들은 담배 한 개비에 다른 사람의 한 끼 식사를 바꿔 먹었다. 목사라면 담배 한 개비 정도 다른 사람에게 그냥 줄 수도 있는데 목사가 오히려 더 인색하게 굴어 핀잔을 들었다.

바다사자들은 백상아리가 가장 무섭다. 백상아리 눈에 띄는 즉시 몸뚱어리가 동강난다. 바다사자들은 살아남기 위해 백상아리 뒤를 따른다. 백상아리는 앞만 보고 달려가며 바다사자를 찾으나 보이지 않는다. 백상아리가 돌아서면 바다사자들도 백상아리 꼬리지느러미에 바짝 붙어 일제히 방향을 바꾼다.

추종(追從)은 살아남기 위한 처절한 몸부림이다.

「저희들은 오랫동안 외국에 있었으니 마땅한 인맥도 없잖아요. 선생님이 딸애를 테스트해 보시고 가능성이 있다 싶으면 밀어주세요」

미국인 목사는 얼마 후에 용케도 혼자 도망을 가버렸다. 북한의 지하교인들 집으로 숨어 들어갔는지도 몰랐다. 미군들은 도망자가 생겼다고 인민군들에게 온갖 곤욕을 치르고 마땅한 통역자가 없어 무진 애를 먹었다.
목자가 양떼를 버리고 가다니. 사람들이 혀를 찼다.

여왕개미는 자기 딸들을 하녀로 부려먹는다. 하녀개미가 도망을 가면 일개미들이 쫓아가서 잡아와 고문을 하며 혼을 내준다. 도망갈 생각을 일체 하지 못하도록 해놓고 하녀개미를 다시 여왕개미 앞으로 데리고 간다. 여왕개미의 딸은 순한 하녀가 된다.

「아이가 하나라 딸애를 애지중지 키웠지요. 그래도 교만하거나 이기적이 되지 않고 원만한 성격을 가진 것 같아 감사해요. 아마 한국에서 그렇게 키웠으면 자기밖에 모르는 애로 자랐을지도 모르지요」

중강진 날씨가 얼마나 추운지 물기나 땀이 묻은 손바닥

이 쇠문고리 같은 데 닿았다 하면 순식간에 그대로 쩌억, 얼어붙었다. 그때는 살을 베어내지 않고는 떨어지지가 않았다. 그래서 금속 종류를 다룰 때는 반드시 마른 걸레로 싸서 만져야만 하였다.

양동이 물을 부으면 땅에 닿기도 전에 얼어버렸다. 오줌마저도 누고 있는 동안에 얼어버릴 판이었다.

사하라는 몹쓸 땅이라는 뜻이다.

사하라가 원래는 사하라가 아니었다. 남극과 북극의 얼음폭에 따라 지구의 건조대는 이동하여 왔다. 사막의 모래 밑 지형을 전자파로 탐지해 보면, 수천만 년 전에는 큰 강들이 흐르고 있었던 흔적을 바로 몇 미터 아래 모암(母岩)에서 발견할 수 있다.

건조대는 수억 년의 세월 동안 남쪽으로 이동하면서 확장되어 왔다. 어떤 때는 건조대는 그대로 있는데 대륙들이 서서히 움직여 건조대 안으로 들어와 사막이 되기도 하였다.

사막의 모래들도 원래는 화강암 같은 바위들이었다. 낮에는 섭씨 80도까지 뜨거워졌다가 밤에는 영하로 떨어지는 극심한 일고차로 바위가 팽창과 수축을 되풀이하다가 자갈로 변하고 모래로 부서졌다.

사막의 모래는 철과 칼륨이 섞여 있어 붉은색을 띠기도

한다. 사하라에서 모래폭풍이 일어 수천 수만 톤의 모래들이 상공으로 치솟으면 프랑스 파리에는 색깔 있는 눈이 화우(花雨)처럼 내린다.

남극과 북극의 얼음판이 사막을 결정한다니. 극과 극은 통하는 법이다.

「애 아빠와 저는 완전히 대조적이에요. 애 아빠는 어릴 적부터 극한 고난을 겪었고 나는 고생을 좀 했다고는 하지만 비교적 무난한 집안에서 귀여움을 받으며 자란 영향도 있을 거예요. 나는 씀씀이도 좀 헤프고 낙천적인 반면에 애 아빠는 항상 무슨 일이 일어날 것을 대비하는 자세로 살아요. 성격이 대조적이라 서로 도우며 사는지도 모르지요」

포로들은 좁디좁은 방 한 칸에 20여 명이 들어가 기거했다. 노약자들 이외는 모두 벽에 기대어 무릎잠을 자야만 하였다. 동상에 걸린 손과 발들이 썩어가는 냄새가 폭폭 코를 찔렀다. 게다가 깡통에다 대소변을 같이 봐야 했으므로 자고 있는 사람의 얼굴에 똥물이 튀기도 하였다.

아침에 일어나면 대개 예닐곱 구의 시체가 마당에 놓여 있게 마련이었다. 시체가 놓여 있지 않은 아침 마당은 상상할 수 없었다. 시체 당번들이 있어 두 개의 작대기 위에

시체를 엉성하게 걸치고 들고 나가 150미터쯤 떨어진 옥수
수 밭에 버렸다.

　땅이 꽁꽁 얼어 시체를 묻어줄 엄두가 나지 않았다. 아
무리 곡괭이를 휘둘러도 땅은 강철판처럼 차가운 금속성만
울렸다.

　비비원숭이들은 캄캄한 밤중에 가파른 절벽에 매달려 잔
다. 잠을 자는 동안 매달릴 힘만 있다면 절벽보다 더 안전
한 곳은 없다. 절망에 매달릴 힘만 있다면 절망보다 더 안
전한 지대는 없다.

　「맥주가 떨어졌는데 몇 병 더 시킬까요? 아예 양주로 하
실래요? 이거 대접이 변변찮아서. 미국으로 한번 오시면
멋있게 대접해 드릴게요」

　석달이 넘도록 매일같이 시체들이 옥수수 밭에 버려졌
다. 벌써 300구 가까운 시체들이 여기저기 더미를 이루었
다. 그 위에 눈이 쌓이고 또 서로 들러붙은 채 얼어버려
시체 더미들이 거대한 낟가리들처럼 보였다.

　냉동된 시체들로 지어진 에스키모의 집들. 타타르 남자
아이는 그 얼음집에 들어가 놀다가 천정이 무너져 뻣뻣한
시체들이 쏟아져내리는 악몽을 꾸곤 하였다.

진도 지방에서 초분(草墳)을 하는 이유는 육신은 더러우
므로 조상의 반열에 들어가지 못한다는 것이다. 일단 돌을
쌓고 그 위에 시체를 두고 솔가지로 덮어둔다. 그런 상태로
후손들이 육지에서 올 때까지 기다렸다가 초분을 짓는다.

5년 가까이 지나는 동안 광머리초분, 진초분, 마름초분
의 단계를 거쳐 시신은 육탈하여 맑은 뼈만 남는다. 두개
골에서 눈을 파내고 쑥물로 뼈들을 씻는다.

칠성판에 한지를 놓고 그 위에 부위별로 유골들을 배열
한다. 그리고 땅을 다룰 수 없는 정월을 피하여 유골을 매
장한다.

「이 이가 어른들이 시체 더미를 곡괭이로 내리찍는 것을
보았대요. 하지만 하도 얼어 곡괭이가 들어가지도 않았대
요. 땅도 곡괭이가 들어가지 않고 시체도 곡괭이가 들어가
지 않았으니 말 다했죠」

아침마다 한차례 시체들을 치우고 나면 식사 배급이 있
을 때까지 이 잡기를 하였다. 누가 이를 많이 잡나 내기도
하였다. 겨드랑이에서 수퉁니들을 한움큼씩 훑어내는 것은
보통이었다. 원숭이들 같으면 그 살찐 이들을 간식으로 맛
있게 먹을 수도 있었다.

아침에 시체로 변하지는 않았어도 기침을 토하며 입에서

피를 쏟는 사람들이 있었다. 그런 사람들은 2주나 3주쯤 지나면 영락없이 싸늘한 시체로 마당에 눕게 되었다.

남해안 사조도에는 아기들이 죽으면 무덤을 해주지 않고 돌들로 눌러놓기만 한다. 아기들이 죽으면 악귀가 되므로 그렇게 눌러놓아야 한다는 것이다. 그것도 아기 부모가 직접 하지 않고 고모가 대신 한다.
길을 가다가 작은 돌무더기를 뒤적이면 잔뼈가 나오는 경우가 있는데 그것이 바로 아기 돌무덤이다. 돌무더기를 뒤적일 때 아기 악귀가 살짝 빠져나와 세상을 돌아다닌다.

「이 이는 물론이고 갓난아기까지 합하여 모든 가족들이 그 혹독한 긴 겨울을 기어이 견디어내었어요. 칭기즈칸의 후예 타타르 피가 대단하지요. 미군들은 다 쓰러져 가는데 말이죠」

겨울이 지나자 잠시 뜸했던 중공군이 압록강을 또 건너 왔다. 자정 무렵 호각소리와 나팔소리가 은은히 울려퍼지는 가운데 중공군들이 수천 명 건너왔다. 인민군은 포로들을 중공군에게 인계하고 물러갔다.
중공군들은 미군과 전투를 할 때는 서투른 영어로 노래를 부르며 진군해 왔다.

해병대 개새끼들아
우리가 죽여주겠다!
개 같은 녀석들아
너희는 죽었다!

　수천 수만 명이 한꺼번에 부르는 노래는 미군들의 간담을 서늘하게 하였다. 노래의 힘은 어떤 무기보다 더 위력적이었다.

　옥수수 밭에 쌓인 시체 더미가 서서히 녹으면서 장작개비들처럼 낱개로 분리되어 쩍쩍 무너져내렸다.
　옥수수 밭 가득히 까마귀들이 몰려왔다. 어디서 그렇게 많이 몰려오는지 하늘이 까맣게 가려질 정도였다. 까마귀는 겨울에도 시체를 파먹으려고 몇 번 시도를 해보았지만 부리가 조금도 들어가지 않았었다.
　봄을 기다린 까마귀들의 식욕은 대단하였다. 까마귀는 맨 먼저 시체의 눈부터 파먹었다. 까마귀들은 쉬지 않고 하루 종일 시체를 파먹었다. 하얀 얼음집 같았던 시체 더미는 까마귀들로 덮여 이제는 까만 석탄 무더기들처럼 보였다. 수백 마리의 까마귀들이 몇날 며칠을 먹고 먹어도 남을 만한 푸짐한 식탁이었다.

한 동물의 참혹한 비극은 다른 동물에게는 푸짐한 상품권이다. 한 인간의 비극은 다른 인간에게는 신이 내려준 행운이다. 인디언의 비극은 청교도들에게 추수감사절이다.

수많은 비극의 돗자리들 위에 나의 따뜻한 잠자리가 한 평 깔려 있다.

「아직도 학생들 데모가 심하군요. 서울교육대 학생이 분신 자살을 했더군요. 신문에 보니 영결식을 앞두고 학생회와 유족들 간에 화장이냐 매장이냐 논란이 많다고 하더군요. 결국 매장을 하기로 합의를 했는데 학생회에서는 교내 매장을 주장하고 유족들은 선산에 매장하겠다고 맞서고 있다는군요. 학생회에서 시신을 내어주지 않으니까 유족들이 공권력을 요청했다면서요. 이게 원시 부족시대에나 있을 수 있는 일이지 20세기에 일어날 수 있는 일이에요?」

시체 썩는 냄새가 몇 리 밖까지 퍼져나갔다. 나무를 하러 산등성이에 올라가 있어도 그 지독한 냄새는 끈질기게 따라왔다. 포로들은 까마귀떼가 빨리 그 시체들을 먹어 치웠으면 하고 바랐다. 아예 뼈까지 와작와작 씹어먹어 흔적도 남기지 않았으면 하였다.

샌프란시스코 콜마 묘지에는 30만 구의 시신이 누워 있

다. 콜마의 인구는 겨우 1200명밖에 되지 않는다. 그곳 주
민들은 〈콜마에서 살아 있다는 것은 대단한 일이다〉라고
말한다.
  죽음은 살아 있는 일을 대단한 것으로 만든다.

  「그런데도 올림픽이 치러진 잠실 운동장에서는 프로야
구, 프로축구 열기가 대단하고 말이죠. 우리나라는 참 이
상한 나라예요」

  밤이면 중공군들이 정말 까마귀떼처럼 까맣게 자꾸만 압
록강을 건너 밀려왔다. 압록강 다리들은 이미 모두 미군의
공습으로 폭격을 당한 상태였다. 미국 비행기들은 중공 국
경을 넘어갈 수 없으므로 대개 다리들이 이쪽 반은 부서지
고 저쪽 반은 남은 몰골을 하고 있었다.
  중공군들은 압록강 물밑 20센티미터쯤에 몰래 부표(浮
漂) 다리를 놓고 그것을 밟으며 넘어왔다. 수천 수만 명이
정강이로 물살을 헤치며 다가오는 소리는 강물 전체가 일
어서서 걸어오는 소리 같았다.

  브라질 인근 바다에 사는 물고기 엔시아는 암컷들만 모
여 있는 경우 그중에서 가장 힘이 센 놈이 수컷으로 바뀐
다. 그리고 자기 당대에 다른 암컷이 수컷으로 바뀌는 일

이 없도록 암컷들 사이를 누비고 다니며 위협한다.

엔시오는 유전자 조작에 있어 인간들보다 뛰어나다. 공동체의 필요에 따라 스스로 유전자를 조작할 줄 아니까 말이다.

중공군은 무기 창고에다가 붉은 십자가를 크게 그려놓았다. 이곳은 야전병원이니 폭격을 하지 말라는 속임수였다. 미군이 그 속임수를 눈치채고 무기 창고에 폭탄을 떨어뜨렸다면 중강진 마을들이 모두 불바다가 되고 포로들 역시 한 사람도 살아남지 못하였을 것이다.

어떤 종류의 물고기는 수컷이 아예 암컷 몸속으로 파고 들어가 일체(一體)를 이루어버린다. 그 물고기는 암컷에 해당하는 부위에 알을 낳으라고 명령을 내림과 동시에 수컷 부위에 정액을 쏟으라고 명령을 내린다. 그 물고기는 부부 갈등이 없어 좋겠다. 부부가 하나의 뇌로부터 명령을 받으면 되니까 말이다.

남한과 북한도 그 물고기처럼 교리(交利)해야 한다.

「오늘 텔레비전 뉴스를 보니 북한을 다녀온 문익환 목사가 노스웨스트 비행기 안에서 연행되더군요. 그 목사 모친이 아직도 살다 계시더군요. 연세가 아흔넷이라든가. 우리 같은 교포가 미국에서 보면 남한이든 북한이든 그게 그거죠. 남쪽의 한 노인이 북쪽으로 갔다는 사실이 이렇게 떠들썩한 뉴스가 되는 나라는 아마 이 세상에 없을 거예요. 하나의 코미디죠」

포로들은 길을 닦고 보수하는 데 자주 동원되었다. 그런 날이면 수용소를 벗어나 멀리까지도 갈 수 있었다. 돌아오는 길에 여러 밭들을 지나면서 호주머니나 품속에 콩과 옥수수, 감자 들을 잔뜩 집어넣었다.

수용소로 들어서면 중공군이 포로들로 하여금 두 팔을 앞뒤로 뻗으며 열 발자국 정도 걸어보라고 하였다. 포로들의 품속에 든 것들이 먼저 우수수 떨어지고, 호주머니에 든 것들도 비죽비죽 비어져나오게 마련이었다.

중공군은 포로의 몸에서 찾아낸 콩줄기, 옥수수, 감자 들을 손에 쥐고 포로의 얼굴을 마구 때렸다. 포로들은 부동자세로 얻어맞아야만 하였다. 눈두덩과 볼이 터지고 코피가 쏟아지고 이빨이 부러졌다.

타타르 남자아이들도 아버지를 따라갔다가 옥수수, 감자 들을 호주머니에 몰래 넣어왔지만 중공군이 못 본 척해주기도 하였다.

별들이 죽어 먼지로 흩어지고 다시 먼지가 모여 별들이

된다. 인간의 몸속에 탄소가 있다는 것은 그러한 별의 역사를 말해 준다. 인간 몸속의 탄소 성분은 별의 나이테이다. 인간은 걸어다니는 한줌 별 먼지이다.

하지만 이런 모양으로 한줌 별 먼지가 모이기까지 100억 년이 걸렸다. 한 사람의 우주 나이는 세상 나이에 100억 년을 보태야 한다.

여름이 되면 청소운동이 대대적으로 전개되었다. 중공군은 포로들에게 파리 200마리를 잡아오면 담배 한 갑을 주고, 쥐를 한 마리 잡아오면 담배 세 개비를 주겠다고 약속하였다.

담배를 피우지 않는 사람들도 청소운동에 열을 올렸다. 일단 담배를 가지고 있으면 다른 것과 물물교환을 할 수 있기 때문이었다.

어떤 미군은 산에 나무를 하러 갔다가 우연히 발견한 꿀을 붕대에 묻혀 끈끈이를 만들어 변소간에 걸어두었다. 파리가 잔뜩 붙은 붕대를 강가로 들고 나가 물에 담궈서 파리들을 질식시켰다. 그 미군은 그런 식으로 2천 마리 가까운 파리를 잡아 담배를 열 갑이나 챙겼다. 담배를 나눠주는 중공군은 파리들이 멀쩡한 그대로 물에 젖어 죽어 있는 것이 이상하게 여겨졌지만 약속은 지켜야만 하였다.

이제 아홉 살이 된 타타르 남자아이는 새끼 밴 쥐를 한 마리 잡아 아버지에게 갖다주었다. 아버지가 꼬챙이로 쥐 배를 갈랐다. 거의 다 자란 새끼들이 올망졸망 일곱 마리나 비어져나왔다. 쥐 한 마리로 여덟 마리를 잡은 셈이었다. 팔 삼 이십사, 담배가 스물네 개비였다.

새들은 뒤로 날지 못한다. 정지된 상태에서 바람을 타고 잠시 뒤로 떠갈 수는 있지만 연속적으로 날개를 퍼덕여 뒤로 가지는 못한다. 그러나 세상에서 가장 작은 새인 벌새만은 날개를 재빨리 움직여 뒤로 날아갈 수 있다.

중공군들은 수시로 포로들에게 공산주의 교육을 시켰다. 영어를 할 줄 아는 중공군 강사가 미군이나 영국군들을 모아놓고 공산주의의 우수성에 대해 열변을 토하였다.
「너희 나라들 문화는 사람을 타락시키는 더러운 문화다. 사유재산을 인정하면 사람들은 더욱 탐욕스러워져 서로 속이고 죽이기를 밥먹듯이 하는 법이다」
모두 한쪽 귀로 듣고 한쪽 귀로 흘리는 표정들이었다. 타타르인 가족도 미국 첩자로 잡혀 왔으므로 영어반에 들어가 교육을 받았다.
터키군들은 다행스럽게도 터키어를 할 줄 아는 중공군이 없어 사상 교육이 면제되었다.
교육 받는 태도가 좋지 않아 반동분자로 낙인 찍힌 포로

들은 다른 수용소로 이송되었다. 만포 아래 벽동(碧潼) 쪽
에도 포로수용소들이 있다는 소문이 들려왔다.

「좌익에 강경 대응하겠다고 검찰총장이랑 공안합수부장
이 전민련 18개 단체를 조사한다고 그러더군요. 좌익, 우
익 할 때 그 익(翼) 자 있잖아요? 날개를 뜻하는 우(羽)에
다를 이(異)가 합해진 글자잖아요? 날개라는 것은 사실 다
른 날개가 있어야 제 기능을 할 수 있는 거 아닌가요? 다
만 한쪽 날개가 너무 커져 몸통이 기울어지지 않도록 조심
해야겠지만 말이에요. 그런 점에서 나는 우리 딸을 미국에
서 키운 것을 다행으로 생각해요. 컴퓨터로 통신하는 시대
에 국가보안법이란 게 아무 의미가 없죠. 적어도 태평양
너머에서 볼 때는 그래요」

가을이 지나고 또 혹독한 겨울이 다가왔다. 겨울에는 다
른 계절보다 더 많은 포로들이 죽어갔다. 영양실조나 추위
로 죽어가는 포로들은 대부분 미군들이었다.
터키군들은 좀체로 죽지 않았다. 타타르 가족은 터키군
들보다 더 강하였다. 엄마 품에만 있던 타타르 딸아이도
이제 제법 걸음마를 하였다.

네팔에서는 여덟 살쯤 된 소녀를 쿠마리 여신으로 삼아

섬긴다. 소녀 여신이 엄숙하게 좌정하고 있는 그 앞에 수
레가 놓이고 수레 위에 칼에 찔린 염소가 올려진다. 그러
다가 사춘기에 이르면 여신을 교체한다.

상이(傷痍) 포로 교환이 시작되었다. 유엔측에서는 5천
8백 명의 포로를 돌려보내고 공산측에서는 471명의 한국
군, 149명의 미군, 64명의 기타 유엔군 등 총 684명을 송환
하였다.
미국은 8천 명의 미군 포로들 중 상이 포로 4천여 명을
돌려달라고 했지만 이미 대부분의 상이 포로들이 압록강
들판에서 죽어간 사실을 알지 못하였다. 게다가 공산측에
서 송환된 포로들은 비교적 가벼운 상처를 입은 환자들이었
다. 정작 송환되어야 할 중환자들은 명단에서 제외되었다.
중공군은 상이 포로들을 이만큼 잘 돌보았다는 사실을
세계에 알리기 위해 자기들에게 협조적이었던 경환자들만
송환한 것이었다.

50억 년 후에는 태양이 병들 대로 병들어 퉁퉁 부어오를
것이다. 적색 초거성으로 변하여 그 반지름이 현재의 중심
에서 화성까지의 거리만큼 될 것이다. 그때 태양의 온도는
3천 도 가량이다.
지구는 아예 태양으로 녹아들어간 지 오래이다. 지구 위

에 있던 모든 것은 에밀레 종의 그 여자 아이처럼 태양 한 구석에서 부글부글 끓고 있을 것이다.

　휴전 협상은 다시 진행되고 포로 교환 문제가 양측에서 협의되었다. 공산측에서 포로 교환에 관한 원칙들을 제시하였다.
　첫째, 송환을 요구하는 모든 포로는 휴전 이후 2개월 이내에 송환시킬 것.
　둘째, 한 달 후 중립국으로 송환되기를 원하는 포로는 그곳에 보내진 후 6개월 동안 본국의 파견원이 현지에 가서 그들을 설득시키도록 허락해 줄 것.
　셋째, 중립국으로부터 송환되기를 원하는 포로는 즉시 석방할 것.
　넷째, 6개월 후에도 중립국에 남아 있게 되는 포로들의 문제는 휴전 후 정치 회담을 통해 해결할 것.

　「우리 아버지는 공부도 꽤 하신 분인데 사업을 좀 하시다가 나중에는 잠실 땅 팔아 국회의원에 출마하시더군요. 몇 번 떨어져도 미련을 버리지 못하셨어요. 내가 이 이를 만나 연애할 때는 아버지께서 폐인처럼 지내셨어요. 그래서 아마 우리 결혼을 반대하시면서도 끝까지는 반대하지 못했을 거예요」

공산측은 포로로 잡혀 있는 자기네 군인들이 대거 중립
국으로 몰려갈 것을 우려하여 그들을 중립국에서 빼내올
방도를 다각도로 마련하느라 애를 썼다. 유엔측은 될 수
있는 한 중립국이라는 말을 합의문에서 빼려고 노력하였
다. 결국 양측은 다음과 같이 합의하였다.

첫째, 양측은 각각 무사 송환을 원하는 모든 포로를 2개
월 내에 송환한다.

둘째, 송환을 거부하는 포로들을 보호하기 위해 중립국
감시위원단을 비무장지대 내에 설치한다. 그 위원단과 포
로들은 인도군이 수비한다.

셋째, 송환을 거부하는 포로들에 대한 본국 파견원의 설
득은 90일 동안으로 한다.

넷째, 포로들이 인도군의 보호를 받고 있는 30일 동안에
그때까지도 본국 송환을 거부하는 포로 문제의 해결을 위
해 회담을 개최한다.

다섯째, 이 기간이 끝날 때에도 아무 결정이 없는 포로
는 민간인으로 석방한다.

여섯째, 다른 규정이 없는 한 국제적십자사는 석방인들
에게 새로운 주거를 마련해 주기 위해 협조한다.

포로 교환 합의문 내용이 송환을 거부하는 포로들에 관
한 항목으로 대부분 채워져 있는 경우는 인류 전쟁사에서
처음이자 마지막일 것이다. 참으로 의미없는 전쟁을 무모

하게 치렀다는 것이 포로 교환 합의문만으로도 증명이 되고 남았다.

그런데 합의문 어디에도, 인민군 포로들이 남한에 남아 있기를 원하다면 남한에 있도록 한다는 규정은 없었다.

박쥐는 새끼들을 배에 붙이고 잔다. 진짜 젖꼭지만으로는 새끼를 붙이고 있기가 힘들어 가짜 젖꼭지 두 개를 더 달고 있다.

암박쥐는 수컷과 교미를 마치면 굳어진 수컷의 정액 덩어리로 질 입구를 막아버린다. 다른 잡놈이 집적거리지 않도록.

이승만 대통령은 한국 군대를 클라크 극동사령관에게서 빼돌려 2만7천 명의 반공포로들을 석방해 버렸다. 포로 교환 합의문을 정면으로 깨뜨려버렸다. 반공포로들이 석방되는 동안 포로수용소 미군 경비원들은 한국군에 의해 무장 해제를 당하였다. 게다가 엎드려뻗쳐 자세로 머리를 박고 있어야만 했다.

국제적십자사의 어설픈 주선으로 원하지도 않게 중립국으로 갈 뻔했던 무수한 포로들이 남한 땅으로 풀려나왔다. 북한은 이북으로 송환되기를 원치 않는 인민군들을 일단 중립국으로 가도록 물꼬를 터주었다가 이후에 회유하려는

계획이 여지없이 무산되고 말았다.

최인훈의 『광장』은 20대 청년의 치열하고 어설픈 습작 작품이다. 어설프기 때문에 순수하고 순수하기 때문에 영원하다. 주인공 이명준이 인도를 택한 이유는 포로 교환 합의문 제2항과도 관련이 있을 것이다. 송환을 거부하는 포로들을 인도군이 관리하도록 규정하고 있다.

「선생님, 저희가 시간을 너무 많이 뺏었군요. 오늘도 수술이 많았을 텐데. 피곤하시겠어요. 저희는 모레 돌아가는데 우리 딸 잘 부탁해요」

유엔측과 북한측은 그 동안 질질 끌던 휴전 협정을 그날은 12분 만에 서명하고 전쟁을 마무리하였다.

북한에 수용되어 있던 포로들은 트럭에 실려 남으로 남으로 이송되었다. 반동분자로 낙인 찍힌 자들은 포로 교환 합의문 제1항에 명시된 2개월이라는 기간을 거의 다 채우고 나서야 비로소 트럭에 오르게 되었다.

중강진 수용소에 있던 포로들도 중공군의 심사를 받았다. 미군 다섯 명이 소련으로 가기로 마음을 정하는 엉뚱한 일이 있기도 하였다. 그 미군들을 제외하고, 그리고 타타르인 가족을 제외하고 모두 트럭에 실려 남쪽으로 이송되었다.

 수학에서 확률이 10의 50승분의 1보다 적을 경우는 불가능이라고 결론을 내린다. 우주가 저절로 생길 확률은 10의 300승분의 1이라고 한다. 인간이 저절로 생길 확률은 10의 4만 승분의 1이라고 한다.

 「아빠, 우리는 왜 못 가는 거죠?」
 이제 여덟 살이 된 타타르 남자아이가 아버지에게 물었다.
 「우리는 미국 국적을 가지고 있는 것도 아니고, 한국 국적을 가진 것도 아니고, 나라가 없단다」
 「미국 첩자로 잡아왔으면 미군들과 함께 보내줘야 하잖아요」
 「이제 와서는 미국 첩자가 아니란다. 포로도 아니고」
 「아빠 영어 잘 하잖아요. 미국 첩자라고 우기시지 않고」
 「나는 말했다. 카잔타타르어로. 우리는 타타르인이라고」
 「그럼 우린 어떻게 되는 거죠?」
 「지난 3년 동안 수많은 포로들이 죽어가는 걸 보면서 너는 우리 타타르인이 얼마나 강한가를 알았을 거다. 나라가 없는 백성은 강한 법이다. 칭기즈칸의 후예는 언제까지나 기다릴 수 있단다. 푸른 이리들처럼」

칭기즈칸의 탄생지 헨티아이막 들판에서 7월마다 나담 축제가 열린다. 나담은 사마르칸 정복을 기념하여 칭기즈칸이 처음으로 시작한 축제이다. 30킬로미터를 6천 마리의 말들이 달려 경주한다. 우승 상금은 말 한 마리 값이다.

대개 말을 타고 달리는 아이들은 대여섯 살 정도 되는 남자아이들이다. 여기서 우승한 아이는 가문의 영광이다. 아흐땅이라는 다섯 살짜리 남자아이도 나담 우승으로 가문의 영광이 되었다.

온 힘을 다해 달리다가 질식하여 죽는 말들도 많다. 경주 중에 죽은 말들은 시신을 토막 내어 푸른 천에 싸서 오보(성황당의 일종)에 갖다놓는다. 그리고 거기에 하늘을 나는 천마도를 걸어둔다.

아버지가 타타르 남자아이 손을 꼭 잡았다. 남자아이는 입을 악다물고 푸른 눈으로 압록강을 노려보았다. 강둑 위에 까마귀 몇 마리가 날갯죽지를 움찔거리며 눈싸움을 하듯이 이쪽을 빤히 바라보고 있었다. 왜 저것들은 빨리 시체가 되지 않나 하는 눈길이었다.

15년 동안 간직했던 아름답고 서러운 이야기

이종희 씨는 우리 식구가 전세로 살던 집 안주인이었던 분이다. 원산 여고 시절에 농구선수로 운동장을 누볐던 이야기들을 종종 신이 나서 들려주었다. 그러다가 이북에 두고 온 부모님들 이야기로 접어들면 얼굴에 그늘이 드리워졌다.

나는 이종희 씨의 이야기를 집중적으로 들어보아야겠다고 마음먹고 제법 긴 기간을 통하여 취재하였다. 그것이 벌써 15년 전의 일이다. 그때 녹취한 10개 가량의 테이프가 낡은 가방에 오랫동안 들어 있었다. 지금까지 열 번 가까이 이사를 다니면서도 그 가방을 챙기는 것은 잊지 않았다.

그러나 포스트모던 어쩌고 하는 시대에 가방처럼 낡은 그 이야기를 쓴다는 것은 시대착오적인 작업으로 여겨져 손을 댈 엄두를 내지 못하고 있었다.

그러다가 2년 전인가 아내와 함께 이광모 감독의 영화 「아름다운 시절」을 보고 나서 나는 드디어 그 낡은 가방을 열었다. 그리고 그 해 어느 망년회 자리에서 이광모 감독을 만나 「종희의 아름다운 시절」이라는 소설을 썼다는 이야기를 하였다. 이광모 감독은 그저 환하게 웃기만 하였다.

나는 사실 「종희의 아름다운 시절」에서 이광모 감독이 즐겨 사용한 롱테이크 기법을 활용하였다. 롱테이크 기법은 무기교의 기법인 셈이다. 일체의 접속사를 생략하고 아무런 기교도 부리지 않은 문체를 구사해 보았다.

문학평론가 권성우의 결혼식장에서 만난 김명인(문학평론가) 씨가 「종희의 아름다운 시절」을 잘 읽었다고 격려를 해주면서 장편으로 써도 될 만한 이야기가 아닌가 반문하였다. 나는 장편으로 쓰면 밀도가 떨어질 것 같아서라고 변명하였다. 그때 나는 요즈음 장편은 문학적인 장르가 아닌 것 같다는 말을 할 뻔하였다.

문학이 소외되는 이 시대에 그래도 다행히 유럽의 나라들처럼 500매 정도의 분량으로도 아담한 책 한 권을 낼 수 있는 분위기가 자리잡아 가고 있어, 작가들이 이제는 책 한 권 분량을 채우기 위해 억지로 원고 매수를 늘리지 않아도 되겠다.

「종희의 아름다운 시절」과 함께 실린 「종희의 서러운 시절」은 자연스럽게 이어지는 내용이므로 더 이상 설명할 필요가 없지만, 「타타르인의 참혹한 시절」에 대해서는 약간의 설명이 필요하겠다.

이 소설은 6·25 당시 우리나라에 유일하게 남아 있던 타타르인 가족의 수난을 소재로 하고 있다. 물론 그 타타르인을 실제로 만나 취재를 한 적이 있다. 그 이야기를 중심에 두고 동족이 서로 무자비하게 죽이는 6·25 전쟁과 동물의 세계를 대조해보는 기법을 사용해보았다. 결국 이종희 씨가 이산가족이 될 수밖에 없었던 동물학적인 상황을 그린 셈이다.

지난 8·15 남북한 이산가족 상봉 장면들을 보면서, 충분히 살아계실 만한 나이인데도 이미 몇 년 전에 세상을 뜨신 이종희 씨 생각을 많이 하였다. 이산가족 명단 중에 이종필이라는 이름이 언뜻 보여 혹시 이종희 씨와 관련이 있지 않나 싶기도 했다.

남북한 관계가 이런 식으로 진전되지 않았다면 이런 종

류의 책은 나오기가 힘들었을 것이다. 책도 다 자기의 때가 있는 모양이다. 15년 기다린 것이 헛수고로 끝나지 않았으니 말이다.

이미 고인이 되신 이종희 씨와 그 가족과 일가 친척들에게 삼가 이 책을 바쳐드린다. 그리고 이산의 아픔 속에 오랜 세월을 견디어 오신 모든 분들에게도 이 책을 바쳐드린다.

이산의 아픔이 무엇인지 제대로 알 수 없는 청소년들도 이 책을 통하여 아, 그래서 이렇구나 하고 깨닫는 기회를 가졌으면 좋겠다.

이제 이종희 씨 육성이 담긴 녹음 테이프들은 그 아드님들에게 전해주어야겠다.

밤을 새워가며 책을 만드느라 수고한 민음사 식구들에게 감사를 드린다.

2000년 9월
조성기

조 성 기

1951년 경남 고성 출생.
서울대학교 법학과 졸업.
「라하트하헤렙」으로 〈오늘의 작가상〉 수상.
작품으로는 『통도사 가는 길』, 『에덴의 불칼』, 『야훼의 밤』 등이 있다.

종희의 아름다운 시절

1판 1쇄 찍음 2000년 8월 30일
1판 1쇄 펴냄 2000년 9월 4일

지은이 · 조성기
펴낸이 · 박맹호
펴낸곳 · (주) 민음사

출판등록 1966. 5. 19. 제 16-490호
서울 강남구 신사동 506번지 강남출판문화센터 5층 (우)135-120
대표전화 515-2000 팩시밀리 515-2007
www.minumsa.com

ISBN 89-374-0349-8 03810